U0122112

多纳尔·瑞安

太阳斜照

温华 于泳波 译

上海文艺出版社

谨以本书献给我的父母安妮和唐尼·瑞安

满怀爱与感激

目录

激情

The Passion

她有时会哭，没有声音。我清楚不必说话，只把手放在她手底下的变速杆上。开庭之前你一直在哪儿，早些时候，她问过我一次。在我房间里，我说，我睡得很久。她说她听人说在尼纳镇拉格街那边和安乐街见过我，由着性子放肆。她不是责怪，只是把她听说的告诉我。我说我没有。那就够了。你会听到很多事儿，她说。别人以为他们是在帮忙。我有时候在她哭泣时看着她的侧脸，看泪珠在她脸颊上缓缓留下的一道直线，看她双唇的红色，我想抚摸她的脸颊，擦掉她悲伤的痕迹。可我从来没有付诸行动。

我父母不知道对我说些什么。你会回去训练吗？我的肩膀，爸爸，我的右手几乎举不起投掷物。噢，是啊，是啊。没错，当然。多做理疗，也许管用。我说了句这他妈永远也好不了，爸爸。他咬紧了牙关，我敢说他心里在想，**他**一定是在监狱里变得这么粗野的，只有上帝知道他在监狱里遭遇了什么我敢说自从我被起诉的那天起他满脑子想的都是我在监狱里，而他至今都没有问过我监狱的事，从来没有，也绝不会问。你不出去到下面的运动场或者对着墙打几下曲棍球？也许就会好起来呢？我什么都没说，他用食指敲着脑门好像不知道自己在这么做又问我要不要再切块水果蛋糕吃[1]。

他们早上给我做薯条，还给我几盘馅饼加奶油和几杯滚烫的茶作为我的午前茶点，他们是这么叫的，我们午饭吃正餐，晚饭又吃正餐，蹲监狱给我带来的消瘦已经几乎不复存在。我正在化成肥油。我很快就得做些对肩膀负担不重的事情，跑步或踢足球或别的什么。但是邦妮的弟弟在青年队打球，训练时会看到他，而这对他

---

1 本书作者喜欢用 and 连接一长串短句，中间没有停顿，追求一种特殊的语言节奏，本书部分译文保留了这种风格。

太阳斜照

不公平。

　　母亲站在那儿用手捻着茶巾透过后窗望着外面的鸟儿，告诉我一只坏母猫正蹲伏在树后等着它们。有一天，猫把一只死鸫鹟留在后门廊的台阶上，妈妈一看到就大叫起来。那小可怜啊，她说。她不会给猫咪晚餐了，不管她在厨房窗下叫得多惨，爪子挠得多凶。她现在可以滚蛋了，这个该杀的小饶舌鬼。爸爸说她杀那只鸟是为了你，莫尔，把它放那儿是给你个礼物，因为她太迷恋你啦。她态度缓和了点儿，但还是不喂猫咪。

　　你得去拜访那些人，父亲曾经说过，在审讯或法庭审判很久以前。那时我身上还有绷带，胳膊上打着石膏。他干吗要那样，PJ？母亲突然从沉默中爆发，让他吓了一跳。他不知道她也在。看看他能不能以某种方式弥补过失，让他们知道他的歉意有多深。万能的上帝呀，她说。抱歉？抱歉？天地良心，难道他的歉意不很明显吗？他们到底想要什么？那不是一场意外吗？就好像他想这样一样，是吗？是吗？是吗？他再也没有说过同样的话，那一年大部分时间我都待在自己房间里，紧紧贴在我儿童床的床边。他们现在已经得到那应得的一磅肉了，那帮人，放出来后我听母亲说。他们可以收起他们受伤的嘴脸了。我的孩子也同样被带走了，回来时已经跟以前不一样。恶棍，那帮人。

庭审第一天我认了罪法官跟我说话之前看了我很长时间。有罪，是吗？是的，是的小姐，是的女士，是的法官阁下，然后我想起律师说要叫她法官。是的，法官。当我从地板上抬起头时，我敢发誓她正在对我微笑。他们进行了更多的讨论并给出了再审的日期。父亲把手放在我胳膊上往外走。那天早上，警队里的吉姆·吉尔迪亚已打算退休还是造访我们家，他说有一个从英格兰来的野舅舅，那孩子妈妈的兄弟，已经在利默里克城里纵酒找乐两天了，朋友，在法院里提防着他点儿，一个狡猾的家伙，宽肩膀。他说他会打电话给尼纳的那帮家伙警告他们，但还是要保持警惕。谢谢啊，吉姆，爸爸说。吉姆和我握了手，祝我好运。

那天晚上是吉姆来到我们身边，在我们等救护车的时候，他哭了，他握着我的手，我悄声呼唤邦妮，邦妮，邦妮，我动弹不了吉姆告诉我她走了，孩子，她走了，一直看，一直看着我。

那位舅舅从法院门口的柱子后方现身了。他穿了正装，也没有喝酒，尼纳的小伙子们后来为开脱自己人这么说。他手里甚至还拿着一个马尼拉文件夹，就好像一个和法庭有司法业务的家伙。他从一个警察和一个律师之间几乎不存在的缝隙中挤了过去，侧身猛向前冲；在我正式看到他之前就感到了他的那股热风。他是个身材矮小的红脸男人，有一双大拳头，我还没觉察就被他戳了三下。四个人影落在舅舅身上，我在所有人最下面，我的后背从最上一级台阶冲下弯成可怕的角度，我那受伤的肩膀像是着火了。他们把舅舅拖走时他还在踢打爸爸正坐在地上挣扎着起来一条细细的血线从他鼻子里流到嘴边没有任何人帮他。

第二天在法庭上法官发表了一篇演说，说年轻人即使什么地方都不去也总是匆匆忙忙的，她还问了我学徒的情况，鲍比·马洪举起手来满脸通红站在那儿用几乎是耳语的声音说我跟他第三年了就要拿到资格证了，帕西·罗格斯到证人席上去说我是了不起的家伙还是个好投手好工人我家人都是社会中坚，他愧疚而悲伤地看着旁边邦妮的父亲哥哥和姐姐还有她姨妈舅舅和祖父，帕西·罗格斯还继续说如果这个男孩被判处监禁只会造成更大的伤害。一分半钟左右的时间里，有人坐立不安有人大喊大叫有人痛哭失声有人被护送出去，我觉得那个法官有点坏她的锤子快把她椅子的木头砸碎了她感谢了波西但听起来一丁点也不感激而且结果没有预期的那么好，一个穿蓝色衬衫戴海军领带的小伙子轻轻抓住我的胳膊肘在我耳边问我想直接走还是先回家我说我要直接走，我叫母亲妈妈父亲爸爸他们紧紧抓住我像鬼一样苍白蓝衬衫的小伙子说好了，现在走吧，法院后面那个小停车场面包车门关上的时候我感到内心一阵电闪雷鸣，一阵放松，我好像四肢伸展平躺着，漂浮在一朵轻柔的浪花上。

从监狱出来还不到一个星期，我头一个晚上开着母亲的科雷傲朝那条路驶去。我只想着打电话。想试验一下如果我要真打电话会有什么感受，看看我会颤抖得多厉害，我的胃会有多难受。我脑子里有一堆乱七八糟的单词成串的事情要讲却毫无条理。我想也许我应该写下一些东西，然后背下来，可是我脑海里有一个自己的形象将那些东西倒背如流，像个孩子在背表格，我的脸涨得通红，卡了壳又因为恐惧和尴尬在颤抖别人都站起来看着我，他们甚至比我更尴尬，只希望我消失，别在眼前让他们痛苦。

天正下着雨她穿着雨衣站在他们家大门的墙墩边像

太阳斜照

个幽灵一样把透明的兜帽拉到头巾上，等着搭车进城吧我猜。看到她我很震惊放慢速度又不假思索停下来摇下车窗，当我看着站在雨中的她时脑子里没有一个字她就那么沉默着嘴唇兀自哆嗦好像在说话她的绿眼睛睁大了一点儿尽管这很疯狂而且出人意料，但当她走到副驾驶一侧时，似乎一点错也没有。她回头看了一眼房子那样子就像期望看到什么东西或什么人能阻止她或叫她回到自己身边一样。但是没有一个人，那空落落的地方对她也没有足够的吸引力，她把头轻轻摇了一下就进来坐在我旁边我看见她穿着有点跟儿的红鞋子衬衫比纽扣松散的雨衣短一些她的气味像雨像冷空气像香水像肥皂还有别的什么东西，让我的心如同一个站在软垫墙边的疯子似的狂跳。把车开到瞭望台那儿，她说。我把车停在湖上方的山坡上我们坐在那里望着克莱尔群山黑暗正笼罩着它们。她只说了一句你开得太快了吗？我说是的。我哭泣时尽力不动也不出声她第一次把她的手放在我手上某种东西在我心里升起，就像瓶子里的气泡在剧烈摇晃下太快地炸开。

有一个管教罗斯克雷未成年犯人的狱警几年前和我父亲一起在铝厂工作。他负责监狱里的日常维护。他会在白天让我干活，刮漆或扫地或收拾文件，如果他有复杂的工作要做，就把我留在牢房里，对我说像个好孩子一样倒在那儿看书吧。我进去的第一个晚上，尽管他已经下班了又留下来把我带到游戏室和我一起进去还问我想不想打台球他指着几个古怪的家伙说帮我照看这男孩，好吗？他走的时候我吓得差点不能呼吸。不过那些小伙子够意思我很快就学会了大多数时候看着地板远离是非。

我好几次开车时给她讲了这些故事，关于法院的台阶，还有监狱里的情况，她一声不响地听着。她不知道发生的事情，甚至不知道她弟弟来过家里。她一直在服用医生开的阻止她发疯的东西，那玩意儿好长一段时间让她迷失自我。我告诉她那淡而无味的食物，走廊里那股医院的气味，两间牢房下面那个面目可憎的浑蛋，脸上的伤疤从下巴穿过嘴唇，沿着鼻子一直延伸到前额。就连眉毛上都是。有些晚上他像个孩子一样又叫又哭三四个看守会带着他去医务室，肩上裹着毯子。她问他眼睛是怎么幸免的？我不知道。我没问过他。肯定是刀子划过时紧紧闭上了吧。我告诉她那些晚上，在半明半暗的光线里我躺在一张双层床上，躺在一个不愿付电视费、整夜放屁打响鼻热爱监狱生活的男人下面。

我坐在那儿她也坐在那儿她把手放在我手上有时候手很冷或许她等了我太长时间。她有一次说,你知道我们的主是怎么受他的激情折磨,怎么忍受皮肉分离的痛苦吗?呃,但愿我能体会那种痛苦而不是这种……这种……她以前不知道怎么称呼它后来也不知道。没词儿了,我猜。反正我脑袋里是一个也没有。有几个晚上她根本啥也不说我就坐着透过挡风玻璃看雨水成线或者照着玻璃上那块我一直想擦掉的污渍的阳光。但是她的手总是放在我的手上总是在一两分钟后温暖起来感觉就像我的一部分。

她有时突然打破沉默说起什么,词语本身毫无意义,然后再次沉默。有时候她又拾起那些话头,好像她在这些话初次露面之后还思考了一会儿。热度,有一天她说。然后又好几里路一言不发。你现在的热度是以前的两倍,也许是吧。而邦妮一点热度都没有。我能从你身上感觉到。也许这就是她向你传送的方式。也许,也许。我能从你手上感觉到它,从你骨子里来的,就算你的手很冷也能感觉到。它一直进入到我身体里。

这就是她关于热这个字眼说过的一切。她现在又突如其来地说了起来，听起来像提问但我能从她那些日子的语气和她的头从我身边扭开的样子分辨出来她并不在问我任何事。她可能都不知道自己在大声说话。我想知道你对我了解多少，有一天她说。我想知道邦妮对你说些什么。你们彼此之间说话吗，我不知道。你们在楼上她卧室里老是特别安静。你们吸毒多久了？

我差点儿回答她说已经十一个月多一点了，她迫不及待地想等到十二个月，她想要一枚克拉达戒指作为一周年的礼物，她在菲茨吉本的珠宝店里把它挑了出来，但就在我张嘴的时候她又开始说了，说噢对，你不是在她首次亮相后不久就开始约她出去了吗？你为什么不带她去参加她的首秀呢，我很纳闷。她还在纳闷因为我没给出答案而且我也不认为别人对此能有什么指望。

我整天想的都是她，我的脑子里都是她，所有的日子，每一天。我数着每一小时每一分钟每一秒直到我能借来车撒谎说我只是去兜兜风或者去见小伙伴或者开车送某人去训练。一幅她右侧大腿的画面在我的眼睛里燃烧腿上裹着黑色的紧身裤，裙子沿着它卷上去，她一言不发地坐在那里，我为自己隐秘的渴望感到羞愧，有时候我祈求上帝让我别硬，带走我的邪念。有时候在她说

太阳斜照

话之前我们已经开了好几里，假如她说话，或者我们就停在城堡湖边瞭望那个湖和黑魆魆的山头，或者我们就在利默里克的购物中心停车场里或者出去到克莱尔峡谷[1]去，四周环绕着树木和唱歌的鸟儿。我想着她的眼睛和它们的那种绿色还有她的嘴唇，肿得就像被蜜蜂叮过。她怎么就算不哭的时候看起来都像在哭。还有泪珠在她脸颊上留下的那道直线，永远是那样。想着放在我手上的她的手，血液奔涌到手上的那种温暖。

一般来说女孩儿和她们的妈妈要么是最好的朋友要么无法忍受彼此，她告诉我。不是这样就是那样，在女人之间没有中间地带。不像男人，他们能互相忍受，绝不撕破脸也不会过多和对方纠缠。要么都有要么全无。邦妮出生的时候她才十九岁。邦妮比我小两岁。中学宗教课上那个疯女人，有一天说了些话，我现在经常想起来。人类终将进化到某个点上。某个点，某个点，终将成神。在那之前，我们几乎被动物欲望驱使。那就是我的全部吗，一头野兽？想象一下，做这些事的时候什么都感觉不到只担心着不能再做这些事的那一天确实会

1　位于爱尔兰蒂佩雷里郡和利默里克郡的克莱尔河两岸的森林地带。

来。坐在车里她的身边，轻轻触碰她，心里满是痛苦，这是我有生以来感到最甜蜜的事。一头沉默的野兽，静静等待着。

我永远不知道她是否会在那儿，直到我看见她静静站在巴利纳克洛夫十字那边的旧磨坊那看不见的尽头，靠在高高的墙边。有些日子更多时候她不在。我认为自己总有一天会向什么地方的什么人解释我如何能忍受，忍受这件事所有可怕的错误，我每一次看到她等在那儿所体会到的令人讨厌的、不可饶恕的欢乐。邦妮死了，可爱的可爱的邦妮，她的女儿，我杀死了她，我几乎想不起她的脸什么样了。我将永远在地狱中炙烤我并不在乎。

现在，当我知道自己面前伸展的道路只有两条，我感到一种平静，它们就像用黑色记号笔画在白纸上一样清晰，而我现在的生活就是它们相遇交叉的一个点。两条路，死或生。我会打电话给鲍比·马洪，问他会不会再让我继续工作六个月，我要报名参加利默里克郡内部最后的脱产进修一旦拿到文凭我就请她跟我一起去加拿大或新西兰或者那里的其中一个地方如果她说好我一天也不会再悲伤如果她说不我一天也不会再悲伤我要抓住

14

机会和上帝的无限仁慈我的母亲和父亲将一劳永逸放下所有为我忧虑的重担。不久之后的某一天我会俯身亲吻她的双唇那时我就不会再回头过去的一切都将化为尘土。

汤米和月亮

Tommy and Moon

有一次我在一个村子最边上租了一年的房子，我靠着跟一个住在路边小农场的男人来往，交到了朋友。我本打算写一本书，但没能做到，所以我走来走去，等待词语涌入我的脑袋。他们付了我一笔预付款，附加的沉重期待令我动弹不得。

　　我敢说，汤米快八十了，虽然他从未说起过自己的年龄。他精神矍铄，清瘦健康，大部分头发还在，而且精心梳理过，他尽力不在我面前展现出身体的痛苦，但我能感觉到。在他祖父建造的小屋厨房里，隔着一张古老的餐桌，他一时兴起告诉了我这些事情。

他是家里唯一的孩子，在他年轻时，这算有点异国情调，会引人猜想和怀疑。他的父母直到结婚那天才相见。一切都是作为一种恩惠安排好的。结婚前一天晚上，一个男人碰见了他的父亲，当时他正在从城里回家的路上，刚把自行车推上那条长长的小山坡，车筐里叠放着借来的正装。

我听说，你明天要结婚了？

是的。

她是谁？

我不知道。他们叫她洛丽。

他们结婚五十年，在不到一个星期的时间里相继死去。但那个故事流传了好几代。他们叫她**洛丽**，人们会故意拉长他母亲的名字，然后哄堂大笑。汤米有时会在无意中听到他们说这件事，每次他的五脏六腑都会燃烧，眼底会刺痛，他会想象父母亲的样子和他们对自己的宠爱，他们彼此之间简简单单的爱。他会疑惑，这是个意外吗？他们怎么会爱上彼此的？或许是上帝将他们结合在了一起？或者是天空之蓝和永恒之空虚背后的什么力量？教堂里关于神迹存在的讨论多得是。

他被送到基督教兄弟会学校寄宿。他父亲只能勉强

20

应付那些费用。《福音书》中没有提到耶稣基督用棍子打孩子，不过，人们常说有个魔鬼，而他也不止一次与魔鬼相遇。有个男人常常转动身体用全身的重量甩起皮带，他这么做的时候眼里有股超越愤怒的火焰，某种不完全属于人的东西。他们把这些人当中最坏的派出去传教。那些人会用曲棍球棍打断孩子的骨头招来父母们的强烈抗议。兄弟会对他们服务的对象照顾不周。有一次一位律师的儿子断了一根肋骨，一位教士大人的侄子手掌上被撕下了几条肉。如此行事的人对有背景的孩子来说是个危险，他们都被打发到热带，看看酷热会不会消耗掉一些怒气。可惜，你简直没法指望用烈火来驯服魔鬼。

　　他母亲常常给他讲一个他爱听的故事，有一次她的一个姨妈拒绝站在台阶边上，避让门罗伯爵及其侍从和队伍，他们正从庄园向村庄开进。她告诉他们，如果在路上相遇，我只会为我们的主让路，结果第二天就失去了在一所大宅子里的工作。她只是对他们笑了笑，就去了美国，跟一个主办拳击比赛的人结了婚，帮他打理生意，在他死后接了班，越来越有钱，最后自己成了另一种贵族。

他过去有个朋友，汤米叫他月亮。他们在童年时就闹翻了，再也没有完全和好。他告诉我，月亮不会像你这样走进这所房子，坐下来喝一口茶。月亮是大地方来的，属于时髦人群。我经常在汤米家那个路口前面碰上月亮。他会在骑着自行车路过时冷冷看我一眼，后背挺直，一派庄严，偶尔有一天，汤米会从他的花园大门上方往外看我，我会听到他们交换对天气的简单评论。汤米会给我看他给月亮画的漫画，手法稳健而娴熟，他会说，看，月亮在这幅画里看起来多蠢。你见过有谁像月亮这样的吗？我会承认我没见过，他就会假装难过地摇摇头把画揉皱扔进壁炉。以防万一啊，他会说，冲着门点点头又对我眨眨眼。

　　在离我房子很远的那一边，他曾经的邻居格里芬一家都走了以后，他们的房子和一小块地落到镇上的侄子手里，那人布置了一下把那幢平房卖给了一群怪人。耶和华的见证者。他们有一次来到他门前，用毫无自我怀疑的冗长祈祷吓坏了他。即将发生在他身上的事情，没有一件可以拯救他自己，除非他再出生一次。万能的主啊，他对他们说。出生这么一次就够糟糕的了。但是他不忍心总这样对付他们。

太阳斜照

有个女人他曾想过娶回家但他知道自己无法弥合两人之间的差异，她也一样。

一次他在书里读到一件事，说非洲有个部落认为他们自己是世界上所有牛的合法所有者。他经常想到他们：在集市上、牧场里，他是喂养牛群的那些瘦削、黝黑、几乎一丝不挂的牧人的守护者而不是主人。他想象自己去往他们生活的地方，去往他们长满沙草和多刺灌木丛，被丛林和低矮山丘环绕的平原。假如他从低矮灌木丛中抬起白人的脸和惠灵顿靴子，走进他们的篝火光亮中，他们会如何对待他呢？他们会嘲笑他，还是欢迎他，感谢他走了半个地球让他们的荷兰奶牛变肥，他们会称他为兄弟吗？他们会杀了他吗？现在就会有死亡了。被长矛刺中，在白热的大太阳下鲜血流干。狂野的下颌和镰刀般的巨喙将血肉从骨头上撕下，迅速腐烂。他那被太阳晒白的头颅保存了下来，用来装饰秘密寺庙的墙壁。他会在猛兽们的腹中还原为分子，沿着它们的古道，随着它们穿越热带大草原的足迹散播开来。

他说，那不是一场辉煌的葬礼吗？我震惊于他语言的平静，他用那样的话谈到自己。他说他们会坚持把他埋葬在这儿，当然他们会的，还要围着他的尸体念动咒语，有几个词会提前说，不过所有咒语都没什么实际意思。他只会填饱蠕虫的肚子，他只会让坟墓周围的土地肥沃，他的母亲和父亲被放进了基尔斯卡内尔公墓那没有阳光的空洞角落里，被沉默的人们覆盖。

他曾养过一只鹰，他在河边发现了它，已经奄奄一息。它翅膀中间突出来一块儿，羽毛下面有几颗轻质铅弹。他用一根橡皮筋和一块木板拉直鹰的翅膀固定好，用镊子夹出铅弹，喂了它一点生鸡肉，让鹰栖息在自己手上，夜以继日、一言不发地坐了好几天。他改做了一件旧大衣的袖子，手工缝了专业人士用的皮手套。他靠本能和回忆童年时学到的知识驯服了它，他知道要保持安静，在两餐之间要蒙上它的眼睛，这样它一看到他就联想到食物，他慢慢给这只鸟展示世界，任何时候都让它停在自己手上。等它完全恢复健康之后，就被放飞了，当它绕着太阳盘旋最后飞回到他身边时，他的心怦怦直跳。它跟他生活了七年，在厨房后面他用橡树粗枝做的一根粗壮的栖木上，它有时候会和他眼神相对，注视着他，用它那阴郁的沉默告诉他一只猛禽可能知道的有关这世界的一切，告诉他它爱他，纯粹而又完美。一个夏天的晚上，鹰浑身都是铅弹，血流如注，死了。它曾回到他身边看他是否能再救自己一次，但他不能，有一段时间他无法呼吸，失去了理智，整个世界倾斜了，再也无法完全恢复。

从那以后他无法再养宠物。几只斑猫在院子周围游荡，他偶尔喂它们一些残羹剩饭，但它们从来都不属于他。他从未爱过它们，它们也一样。那几只牲畜来来去去，他从来没有像某些人那样宠爱过它们。

他满脑子都是时间。时间的概念是一个问题。它是怎样的？唯一真实的就是当下这一瞬间。一瞬间是什么？向下可无限分解的东西。所以一瞬间最小的一部分根本不存在。所以时间根本不存在，只是精神跟自己玩的一个把戏，用来定格所有似乎马上要发生的事情。就是那些可以坚持一晚上的事情，可以在场院大门前斜靠着，一只脚踩在第二根栏杆上，平视蓟草、蜜蜂和遥远的群山站上一小时这种事情。一切都已发生，又什么都没发生，存在是个无穷小的奇点，妈妈和爸爸还活着，或者从未出生，那只鹰出去捕猎了，也可能还会回家。

他常常突然想到存在表面上的百无一用。也常常想到河流拐弯处水的深度，河水在那儿有时会往回流，好像为了自己的飞奔而大发脾气。还想到谷仓阁楼上卷起的绳圈，放着老鼠药的磁盘。但是每个早晨希望依然从东方的天空奏响，一整天都在他耳朵里轰鸣，或者每天都如他所需要的那么多。

总会有一些事情陪伴左右，他说，稍稍照亮你的路。月亮，身上有颗圆圆的大头。月亮从他单车上摔下来的可能性。或者他没有读过的一本书。或者他以前不曾听过的一个故事。或者一片叶子的颤抖，或者地上的一缕光。或者是你自己，他笑着对我说，眼睛看着别处，不再说这个。

他常常梦到自己死去的那个瞬间。他曾经详细地给我讲过这些梦当中的一个，讲到结束时他害羞地垂下眼睛，把茶杯端到一半又放了下去。他的手颤抖得厉害。这不是很好吗，他说。我敢打赌你可以从中编出一个好故事。我敢打赌我能，我笑着对他说。

疼痛袭来像涨潮的河流，在一天里起起落落。他开始在厕所里便血，看到之后他吓坏了，于是不再去看。

我看见月亮徘徊在他的新坟前，默默哭泣，此时其他所有人已经顺着那条路走回村庄怀着敬意与回忆喝上几扎啤酒。他守卫在那里直到太阳快要落山我回家路过时对他说，走吧，月亮，我捎你回家。

太阳斜照

他给我一把钥匙，还告诉我去侄子和他共有的土地之外那幢小屋里看看，拿个纪念品。我问月亮会不会跟我一起去。他点了头。这些年来他所需要的就是一次邀请。

我们打开他床边那个小壁橱，被埋在一大堆书下面。

我们看了他画的鸟儿，那是栖息在枝头的一只鹰，双眼漆黑一片。

我们读了他写给上帝的一封信，信里感谢**他**为这世界保留下来的所有美。

麻烦

Trouble

有些事情的存在就像天是蓝的一样不可改变。开始
为那辆都还用不着抛光的威达车寻找新线圈的那一天我
明白了这一点。爸爸问了新线圈的价格，贵得要死，所
以他对那人说去死吧。然后他打电话给住在长行道的堂
弟问他有没有，他没有，爸爸又给另外几个认识的家伙
打了一圈电话，他们有扔在地上等着拆分的旧零件，却
找不出一个线圈来，最后他屈服了，给柯利家打了电
话，尽管他根本受不了他们。他在电话上对那人说如果
我为这个给你一百欧又发现它不是问题所在，你会把它
还给我吗？那人在电话上说会的。来吧，女儿，他一跨

进卡车的驾驶室，就回头对我说。跟我一起去兜风吧。当然了，即使装上柯利家的线圈，那辆威达还是动不了。

柯利家的零件堆了一亩又一亩。我好想在那儿自在地待一整天。可是没法进去，前面办公区都被挡着。他们把整个地方都围了起来，就像利默里克监狱一样，生怕有人偷东西。他们那儿有叉车铲车什么的，好把汽车一辆辆堆起来。他们有一长串出故障的卡车和一辆大运输车。那儿有一百万辆轿车。爸爸说以前好的时候一个人可以拿着他的扳手到处乱逛，找到他想要的东西，然后付钱走人。除此以外还可以坐在等候室里的塑料椅子上就像一个人在等医生。接待区是个洞，爸爸说。跟柯利家的接待区相差甚远。我觉得他过去跟柯利家一两个人有过口角。

那天早晨当我们第二次来到柯利家后，爸爸把他的收据从舱门递过去把那个线圈放在舱门前的横档上，我马上就知道要有麻烦了。我只是有那么一种感觉，肚子里像在燃烧。爸爸就像个疯子，因为他把线圈和新旧起动器装上又拆下时手上的皮被蹭破两三次，他拼命启动威达，它仍旧只是冲他咳嗽。那人把收据举到他面前眼镜滑到鼻梁中间，爸爸说，你们要给它做个大检查，你们上次弄坏它也没过多久，就两三杯茶之前。你认为，那人慢慢地机智地说，这儿拆解轿车是为我们的健康着想吗？

　　呃，如果是的话。爸爸向后退了一步，所以他离我坐的地方只有跨一步的距离。我听见他呼哧呼哧地喘着气。那就还我九十欧，爸爸低声说，真正平等，我们叫它两清。十欧抵消了你们外面那只猴子拧开它用掉的那一分钟。相当于一小时六百欧。你要拿到它可是笔好买卖，伙计。那人还是往后仰着头他头顶秃了两边是卷毛——我怀疑，他姓柯利吗？一个人的名字往往准确命中他们的特点——他的眼镜还是挂在鼻子半山腰但他现在是在审视爸爸而不是收据，他说，我们给你一张付款凭证怎么样？爸爸紧闭嘴唇面无表情鼻子里喷出冷笑，每当麻烦开始他都这样，他说，你遵守诺言，或者百分之九十地遵守诺言怎么样？那人说不。爸爸说，好吧，不如我把你从柜台那边拖出来，和你一起擦这鬼地板怎么样，他指着身后的地板，那个正等着让人看看206转触媒转换器的女人，她的眼睛睁得有点大，我看到以后觉得她有点像玛丽·玛格丽特，我爱到入骨的姐姐，她已经结婚去了英格兰，我好长时间没见她了。

然后那人说，行，就不见了。爸爸站着往那人已经关闭又上了闩的舱门里看，他的两只手垂下来，随着时钟滴答声，从拳头变成手掌，又变回拳头。爸爸从舱门前猛转过身。那上面写的什么？他指着远处墙上另一扇门旁边的告示牌。爱尔兰警察……交通……Corpse[1]，我读出来。Core，那个206女人说。啊哈！她冲我笑的时候我差点这么说出口，我想起来了及时地改成了对不起你说什么？她有玛丽·玛格丽特的样子，千真万确。P和s呢？我对她说。它们不发音。那让它们在这儿有什么意义呢？我说。她点了点头，还有点笑意。那是个法语词，她说。它的意思是……她皱起眉头思考着……分支。就像，他们是处理交通事务的警察的分支。这里是被拖走汽车的存放处，直到车主缴纳罚款把车领走。噢，我说，继续看着她持续时间有点长，但她没看我，又转过身去看她的杂志了。后来我注意到爸爸看起来是那么担心。但他一直听着那女人给我解释法语中的p和

---

1 Corpse，意为尸体，"我"只是读出这个词的音，不太明白它的意思，那位女士纠正说应该读成 core（意为核心），p和s都不发音。

太阳斜照

s，还冲她点点头，说非常感谢，我敢说，是为了她这么好心地教我东西。爸爸狂热地希望我受教育，拥有他没有的东西。那人消失了好长时间。麻烦就要来了，我知道。

爸爸的处境糟得可怕，我也知道。他不打算把他的九十欧留给他受不了的柯利一家。那人从横档上拿走了线圈。爸爸后来威胁要动武，有目击者。虽然她心地善良，像玛丽·玛格丽特一样，她也不会为了我们对影子[1]撒谎。爸爸遇到妈妈之前的犯罪记录像他的两条胳膊那么长，她让他答应自己做个好人。他差不多一直遵守诺言，不守信只是因为他已经别无选择。麻烦有时候会找上他，尽管他尽了最大努力想要避开它。

没法知道那人去了哪里，或者他在干什么，他去给谁打了电话。没法知道他们门后面有没有影子，或者他们关门是不是因为装满了违章上锁的汽车。不过，他们很可能会让一些不是影子的小伙子做这件事。但舱门肯定要由影子操纵，负责收钱和榨干那些车被拖走的人。我知道爸爸会有跟我完全相同的想法。

---

1 原文为 shades，俚语，指自称会修车但根本不会修的人。

那人回来了，还有一个家伙跟他一起。更老更胖更秃没有卷毛。没有退款，他说。除非这零件有毛病。这个人说……爸爸开始说话，指着原来那家伙，但是新来的打断了他，用跟喊叫差不多的声音，一字一顿地说，**他说他把它拿回来了**。没错，爸爸说着点点头，肩膀放松了一点点。他已经把它收回了，新来的家伙说，他会给你一张信用凭证作为交换，供你下次购物。我下次购物？爸爸又全身绷紧，脖子上泛起一片红。我的下次**购物**？地狱都冻上了你们不太可能再待下去，是不是？柯利全家都在抢劫，偷盗，撒谎，睡下贱女人。

　　卷毛和胖子只是站在那儿看着，末了那胖子说，我一定把你的反馈转达给他们。他们两个都大笑起来，样子很恐怖，爸爸脖子上那片红变成了黑色，我肚子里的火越烧越旺，就像是要爆炸，像一辆车被点着时会先燃烧再爆炸那样。那位像玛丽·玛格丽特的女士又转过身来举起她的杂志给我看一张插图，一个巨大的胖子躺在长椅上，一条其大无比的光腿从她身上沿长椅伸展着，另一条腿在地上。插图下面写着**英国最胖女人寻找真爱**。那位女士微笑着把杂志举到脸旁边，就好像房间里根本没有麻烦，还用一种期待的眼神径直看着我。你认

太阳斜照

为她**怎么样**？她问道，又笑了起来。她的笑就像一台运转完美的可爱机器，只是滴答滴答，转得又好又温柔。

正如我知道会发生些什么，我都不知道自己知道，狂怒的爸爸想砸破舱门玻璃，那两个家伙飞快逃走，玻璃碎了，所有黄色和蓝色的影子都冲了进来，我一只眼瞥见，他们都躺在地板上，除了一个影子站起来往地上看，爸爸正在小山一样的胳膊和大腿下咆哮着，他要把所有该死的柯利都杀了。长的像玛丽·玛格丽特的女士把手放在我手上，拉着我向门口走，我们站在门外，而他们每个人都按住爸爸一只胳膊或一条腿，这很容易，因为他已经恢复了一点，他会很小心地不让犯罪记录延伸到比他的两条胳膊更远的地方。

来吧，女士说。跟我来吧。她告诉那个只看热闹不拉架的笨蛋影子说她和我在一起。爸爸被铐住并且安静下来，他正在说好吧好吧，行个方便，我发誓我会安静地离开这个地方，如果你们现在让我走，不再找我麻烦，我会赔偿碎玻璃和所有东西，我为惹的麻烦道歉，我以死去的马丁斯发誓。那些影子知道谁是死去的马丁斯。他们还是一起把他押上了囚车。

有时候我看着爸爸，看他侧面或后背或者脸，我是那么爱他感觉就好像他是我创造了什么辉煌得到的奖赏，比其他任何人都好。不过，你绝对不会听到这些话从我嘴里出来。想想这种话就足够了。上帝什么都听到也什么都知道，不是所有的事情都需要说出来。我痛恨看到他被人拉扯，他难过极了，但是他不傻，我知道爆发一过去他就会规规矩矩的。影子们可能会打发他回家或者回到柯利家院子里他的卡车上，妈妈会在门口用击掌和亲吻迎接他。

那位女士的车闻起来一股很新的塑料味儿。珍妮·迈克，她说。那很吓人，不是吗？你还好吗，亲爱的？害怕我自己，我告诉她。她问我想不想吃块糖，然后我的脑海中就浮现出某件事，关于陌生人和糖果还有永远永远不要和一个你不认识的人上一辆车。可是她那么漂亮，味道又好闻，在她拉着我的手走出那麻烦的时候，就连那个袖手旁观的影子都只是点点头冲她笑。她正看着我微笑，她赞美了我的匡威我赞美了她的头发，她问我住在哪儿我告诉她在安纳霍尔蒂，她看上去有点困惑说，什么，是一幢房子吗？我说见鬼我还能住在别的什么地方？马上用手捂住嘴请上帝原谅我的咒骂，不是只在想象中。你不是住在一辆……你住过一辆……一辆什

太阳斜照

么呢？我现在很感兴趣。我以前从没碰到过疯子，只见过麻烦缠身时的爸爸，但那是种不一样的疯狂。

一辆大篷车。

我想到了后院的火桶，爸爸会在一个很奇怪的晚上点着它，他和他的伙计们会站在那周围聊天，喊叫，大笑，如果有直升机经过就对着天空诅咒。点篝火是合法的，有一次我听到一个人说，所以他们可以滚远点儿了。这是文化和风俗的一部分嘛。烧垃圾是非法的。另一个人说，他们怎么知道那该死的区别？从半空老远的地方？第一个人正要为自己的愚钝和另一个的机敏发脾气，但在伙伴们笑了又笑时努力不表现出来。爸爸尽了最大努力来维护桶边的和平，他说吉米是对的，篝火没什么问题，那些人从大小、烟雾和四周站着的一圈人就知道，燃烧的不是垃圾，而是木头。那些人用特殊相机来看远处是什么，就算是晚上黑漆漆的也能看到。我爸爸不再喝酒了，所以他不会那么快就发脾气，他只有在他认为配得上他的人冤枉他的时候才会拉开架势。就像柯利家那个给他信用凭证的家伙。所以他现在是维持人与人之间和平的伟大人物。我想，这就是他的工作。

我以为游民一般都住在大篷车里，那位女士说。

从那天往后，我听到过一大堆真真假假的话，为了让我相信而说出来的话，说话人声音里绝对没有一丝怀疑，但是那说话的方式会让你明白他认定了关于你的某些事，尽管他们是全世界最没有资格那么想的。但那第一次深深地刺痛了我。我以前从没听人说过那样的话。这些话夺走了我和别人的相同之处，让我对做自己感到有点抱歉。

那位女士的手背贴着我的胸膛，那儿有一颗我无意中突然滚出的泪珠，然后她把手掌放在我头上，我看见有那么一秒钟她低头看着自己的手，脸上闪过某种像是担忧的表情又飞快地消失了。她在坐椅边擦了擦那只手的两侧，她不知道我看见她这么做了，因为我用心和灵魂感觉到她甚至不知道自己在这么做。

她说了很多但我并没真正去听，她想知道我有没有去看《海底总动员》，我只是点点头，她开车送我回家，每一辆迎面驶来的车，我都感觉像是在看我，我觉得自己左右两边都敞开着，仿佛根本不该坐在那辆车里，所以我紧紧抱住自己，让自己缩得尽可能小。我请她在我家路尽头把我放下，我跳出她的车差点没说再见就跑向妈妈告诉她爸爸和柯利家人还有影子的事，但是绝不提那位女士一个字，我找不出词语来形容发生了什么，只有一种感觉，我甚至没办法给它命名。

尽管从那以后我已经长大了，在接下来的几年里直到十八九岁，我都再也不能像那天之前一样昂首阔步了。那位女士看着我，让我分裂和萎缩，在她自己和我之间划清界限，甚至完全不知道自己在这么做。她连一秒钟都不曾想过，她一丁点都不善良。

有些事情无法改变，就像河水的流向或者青草的绿色，以及紧跟我爸爸的麻烦和人们眼中心照不宣的强光。

行动队

The Squad

我们开枪射杀男孩那天，天空清澈湛蓝。我记得，在我瞄准他的心脏之前，看到一只燕子沿着林木线在低空起伏，然后消失在那片闪光之中。青草或树叶都没有拂动，灌木丛里也没有一点沙沙声。男孩的尖叫不会让任何生物痛苦，除了我们自己。我们给他塞嘴巴的东西不值两便士。当然，约翰·P在场，还有帕特·迪瓦恩、布莱恩·卡特两兄弟和马丁·吉内。帕特带来手枪弹药和一个空弹匣，马丁把开过火的来复枪裹上塑料布装在一个加重的粗麻袋里，独自划船出去，把所有东西都扔进了约哈尔湾的黑洞。布莱恩·卡特两兄弟处理那根木柱。我不知道具体怎么做的，也不想知道。

前几天这儿出了件怪事。大落地窗前有一对夫妇，面对面坐着，在玩球。这儿那位理疗师让他们做一些运动，就像几个月前他让我和约翰·P做的那样，当时约翰·P的理由更充分。我一直在看，接下来那男人不是把球扔了吗，两个人就坐在那儿看着球，我在想我要不要复习一下动作让他们发现，别老坐在那儿表情那么难过地面面相觑，这时那男人突然伸出手，她一把攥住它，那人稍微一拽把她拉到自己大腿上，然后我看到他哭得像个孩子，两只手臂紧紧搂住她的腰，他们脸贴脸待了一小会儿，就一会儿，她在他臂弯里就像一个柔弱无力的布娃娃，后来我知道她死了。就那样，想象一下。这是件挺可爱的事，真的。在他们把她从他怀里带走之前，他用他那只漂亮的手托着她的头亲吻她的脸颊，然后坐在那儿沉默了一会儿，只是看着外面的玫瑰丛。我觉得我以前认识他，在这个世界之外。我觉得他是个正派的人。

我们再也控制不了自己了。约翰·P刚才尿湿了自己，那个本打算盯着我们的男孩只顾着自己搔痒，没有注意到他。约翰·P什么也没说，只是不停地努力站起来。但是今天有一根皮带紧紧卡在他的腰间，把他固定住，因为他昨天到处闲逛还搞了很多恶作剧，他们担心他会伤害自己。这可怜的倒霉蛋穿上了米色宽松衣，否则没有人会注意到。我注视着那片深色从他的腰部绽放开来，沿着他的腿吐出卷须。他知道这事在发生，却没有足够的力量阻止它的流动。我们对视了一两秒。我的余生中永远不会忘记他脸上的表情。你还好吗，约翰·P，我轻声说，但他听到的只有寂静，他看到的只是我的手毫无意义地抬起，还有我干瘪的嘴唇一张一合。

那个所谓的看护终于发现了约翰·P身上发生的事情。他的表情是那么恼火我敢肯定约翰要挨揍了。他用某种外国语言咒骂了几句，手攥成拳头，他站在那里，怒视着我的老朋友。我敢拿我这条老命打赌，他正想象着自己在拧断可怜的约翰那亲爱的老脖子呢。

尿片。从现在开始给你尿片，我的朋友。看看你吧，看看你。约翰·P悲哀地低头看看自己，又回头看了看那个男孩，再看了看我，除了抱歉还能说什么呢？

有时候我看到约翰四处忙乱，找他的眼镜之类的东西，而通常我会看到他要找的东西，被他的胳膊肘从椅子扶手上撞到地上，我会看到他因为毫无结果的寻找变得越来越沮丧，而眼镜或者书或者随便什么东西会一直躺在他脚下，一股火辣辣的感觉在我的脑海中升起，在那种时候我所能做的就是不去找东西，而是抓住他的手腕，一直把它扭到快要折断，但是我永远都不会那么做，我只是坐在那儿脑子里说看在上帝的分上，约翰·P，看在上帝的分上，约翰·P，直到他终于看见那丢了的东西又过去捡回来，一个和找东西同样曲折的过程。我永远不会那么做，我几乎可以确定。但是有一天他抓住他的手腕看着我，我觉得，那水汪汪的眼睛里有恐惧和某种责备的意味，我怀疑我是不是伤害了他却不自知。这可能发生吗？在理性开始退却之前，我是不会这样想的。

他唯一的女儿遇到那件可怕的事之后，一年中大部分时间，我们没有一个见过约翰·P，再见到他的时候我们都吓了一跳。他身上的肉都掉光了，只剩下皮肤紧紧包裹着骨头。我看到人们强迫自己跟他谈话，在教区大堂，在曲棍球场，在高尔夫俱乐部外面，在城里所有那些经常看见他、熟悉他、真心喜爱并欢迎他的地方，他们都极力克制着要避开他的冲动，声调高得不自然，勉强做出愉快的样子，说话时有些颤抖，暴露出他们的不安，说的话都是这样：伯格顿·约翰·P你气色真好，你看上去苗条又健康，她们在家都怎么样，怎么……他们让询问悬而不决，指望约翰拾起那松散的结尾，扎成紧紧的结，迅速而完整地把它解决掉。但他却只是站在那儿，说实在的，他的目光可怕，他的眼睛似乎变大了，身体其余部分却缩小了，而且充满了一种狂野的悲伤。在流放归来的最初几个月里，他只是拖着脚，耸耸肩，喃喃自语，每当他把他那苍白的脸转向我时，我几乎都要哭出来，我为自己亲爱的朋友如此难过，为他之后的这一年难过，为我曾把他孤零零地留在那儿，让他和他那沉默的妻子被强暴的女儿待在一起而难过，在那可怕的孤独的会面发生之后不久，他不敢回来，不知道该对她们说些什么，甚至不知道该如何看待她们。

吉姆·吉尔迪亚告诉我们那男孩要出狱了，那一天离刑期结束还有六年，利默里克法院里疯狂的一天。他不敢正视约翰的眼睛；似乎他本人应为雇用他的这种体制的失败承担责任，做替罪羊。品行良好，吉姆几乎是在耳语。约翰脸色严肃感谢了吉姆又说噢上帝呀，他摆出摇头的样子，对我们已经知道的事实只字不提，几个星期前，国家某局某处某办公室一个知情人的兄弟就联系了我们。我们已经制订好计划和应急措施，准备好了对那个男孩执行我们缺席审判的工具。吉姆·吉尔迪亚的举止表明，他丝毫没有怀疑我们成立了这个非法法庭；他把他的手放在约翰·P肩膀上，保证说那个男孩若是回到这个地区不会有片刻安宁，他，吉姆，会缠住他逼他离开。他在这一带露面的可能性有多大？很有可能，我们知道，吉姆也知道，不过他正在尽最大的努力来缓和这个消息带来的痛苦，减轻他自认为造成的伤害。我们都认识那男孩，也认识他母亲和父亲，甚至认识他们的长辈。他有一群兄弟姐妹，有些散落在四面八方，有些还住在当地。沿阿什顿路尽头一带，还有一群堂兄弟姐妹和家族成员。他们都来自我们教区中心的别墅，跟我们互不来往。

他们都来法庭支持他，在休息室里推推搡搡赌咒发誓，表示他们对他的爱，谴责法庭可怕的不公正，还说什么渣子和撒谎的贱人，他们当中一个人闹得不像话，被拖走扔进了一辆囚车，一只猫被放进了鸽群，一场小冲突可能演变成一场战争，我们在约翰·P和他妻子女儿身边围成了一个正派人的圈子，警察们又反过来围着我们，我们步调一致走向法院的大门，走进了等待的岁月。

那是很久很久以前的事了，我常常怀疑约翰·P现在还知道多少。有几次，他在我旁边的高背椅上望着我，从椅子里坐起来对他来说也不怎么麻烦，他掉的肉早就回来了，虽然再也没有恢复以往那健康的体格和苍白的脸色，他的双腿基本还能充分发挥作用，但这也只是上帝的小恩小惠，说实话一点不仁慈，因为他的思想已经离他而去，其他各种肢体、官能和器官只是偶尔配合，不管在什么情况下他都被绑在日间休息室的椅子上。

约翰·P和我出生在同一个星期，相隔不远哭声可闻的两幢房子里。他比我大三天。我比你大，也比你好，他常常开玩笑，虽然他在大多数事情上顺从我，尊敬我，我知道。我们俩都没有亲兄弟，我感觉这让我们的兄弟情谊更加紧密了。我在斯特里奇履约的时候，他一时间失去了亲人，在琐碎家事间歇没有一个可以一起闲逛的人，他喜欢坐十二点的公共汽车从尼纳进城，偶尔有一天，他会在奥康奈尔大道经过改造的联排别墅门口遇上正出门去吃午饭的我，不止一天，我一看见他就低声咒骂，他站在台阶下朝我咧嘴一笑，泥巴和挤奶的气味酸溜溜地向我飘来。但我从不表露我的厌烦，它总是很快变成羞愧。我会请他吃午饭，喝杯柠檬水，我对他挥之不去的孩子气和我们之间日益增长的差异感到奇怪。

随着约翰遇到麻烦而且孤立无援，这些新的和旧的负疚感交织在一起，混杂在一起，变成一种可怕的、痛苦的感觉，让我胃里发酸。我不得不承认最后听说约翰·P复仇心切的想法让自己松了口气，差点将他女儿强奸致死的那个男孩要从监狱里出来了，他为这不可避免的一天制订了一个计划。要是我每周去看他，或者每两周去看他，甚至每个月去看他该多好啊，看在上帝的分上，站在他的院子里，和他一起品味那种氛围；去忍受厨房里可怕的沉寂，他的妻子和女儿被恐惧、悲伤和羞耻牢牢束缚在那里；去试试看我能不能抑制他高涨的怒火，让它平息；向他灌输这样一种观念：短暂的现世不会有真正的正义，而正义者所遭受的一切不平等将在未来无限的时间里得到报偿，所有的亏欠都将结清，上帝将会让万物平等，不是我们，不是我们人类。

约翰·P很小心地选择对别人说起这些事情，因此我判断他的想法是认真的。他把一小群人拉到自己身边，我们都是儿时的朋友，都来自同一个城镇，差不多来自同一条街：帕特·迪瓦恩、布莱恩·卡特两兄弟、马丁·吉内和我。在计划和委派任务的时刻，约翰·P的悲伤和恐惧一扫而空。他做出一副坚定不移的样子，两颊没有血色，只在脸颊中央各有一小片红晕，他说话的口气平淡而有分寸，把他想要做的一切说得明明白白。毫无疑问，约翰·P当然希望我做这个行动队的头儿，我的第一个担心没有什么理性根据：在我看来，六是个不吉利的数字，我们应该是五个或七个。这是处决路上第一个薄弱环节。

我们每个人都可以拿出至少一打理由去做这件事，却没有一个理由不去做这件事。我们五个人在没有约翰·P的情况下见了面，谈了又谈，谈了又谈，总是回到同一件事上：在罪行过后那些激情燃烧的日子里我们都说过要这么做，现在约翰·P让我们信守诺言。如果他到场的话。耶稣在上，基督在上。我们要毙了那龟孙子，我们要埋了他。我们要结果那个蠢货。对着空气做出的威胁现在成了契约。这不只是复仇。我们得想到教区里其他所有人的女儿。我们对如何去做的技术细节很容易就达成一致意见，没有怨恨或异议。每个弹匣有三发子弹，随机选一个弹匣只装空弹，这样每个人事后都可以安慰自己说，是他拿到了那把没用的枪。

我们在那男孩独自行走的时候抓住了他。我们坐在一辆有宽大滑动门的面包车里靠近他，从后面抓住他，掐住他喉咙让他差点窒息，狠揍他的肚子和脸制服了他。我们把全身重量压在他腿和胳膊上，以便绑起他的手脚，我们用武器对准他那张污迹斑斑的脸，拖着他穿过金雀花丛和沼泽，灌木和乱石，来到我们深埋在那偏僻山坡泥土里的木柱前，用绳子把他绑在上面，自始至终他一直尖叫着，即便嘴里塞着毛巾，又尿又拉，泪水浸湿了眼罩，我们所有的暴力并非来自勇敢，而是源于恐慌和害怕，源于我们疯狂地渴望了结这件蠢事。我们后退三十步站着。那是我们商量好的。似乎太远了，又似乎太近了。我得说，二十七步才完美。

我们开枪之前那个男孩尖叫着，之前很久，他在面包车里就一路尖叫，我们开枪后他还在尖叫，因为第一波射击没打中他的头和心脏。子弹打穿了他的肩膀和左臂，其中一颗正好从他脖子边擦过。糟糕的枪法，真丢人。第二波射击撕破了他的眼罩，捆绑他的柱子顶部被轰成了碎片，他的一只眼睛被一个血淋淋的黑洞代替。

他仍然尖叫着，肠子露了出来。约翰从队列中向前倒了下去，诡异地蜷缩成一团，马丁·奎尼吼了句什么，我跨过约翰趴着的身体，尽管我很想踢他起来或者踩他两脚，朝他大叫让他站起来自己干这事。我朝前走啊走，瞄准了男孩的前额正中，尽管手在剧烈地颤抖，我瞄得却挺准，这下终于让他安静下来。感谢上帝，我听见一个布莱恩·卡特在我身后说，直到今天我都不确定是哪一个。此后的几年里，我几乎没有再和他们中的任何一个谈过天气问题，也没和马丁或帕特，我高贵的朋友，我的亲兄弟谈过。

有时候，我胸中会涌起某种不请自来、不受欢迎的骄傲感，接着就会自我反省。是我发出了瞄准射击的命令，是我独自从队列中走了出来，手中武器的后座力和热量让我怀疑致命的子弹来自于我，我在形势变得混乱不堪时杀死了那男孩，将我在无情的未来中可能拥有任何一线安慰的希望断送在了他身上，我没理由把自己的行为归于任何美德。我的血是热的，但我相当冷血地杀死了他。他被捆起来动弹不得，他被打得遍体鳞伤，不住地乞求。他是一个母亲和一个父亲的儿子，一个家庭的孩子，他们还在想他。

我感到我的终点近在咫尺。有一天晚上，我在这张椅子上睡着了，突然醒来时，闪烁的电视不见了，客厅的整面墙都沐浴在阳光中，我那些面无表情的伙伴们都不见了，取而代之的是一排有翅膀的生物，既透明又坚实，既真实又虚幻，幻影的中央有一道闪闪发光的金色楼梯，我想起身走向它把脚放在第一个梯级上，从底下抬头看看能不能弄清是什么在上面等着，但我发现自己动不了。我感觉前额上有位谆谆教诲的神祇在呼吸。或者至少是位指手画脚拥有全权决定权的圣徒。如果我有力气爬上去，肯定会被挡在楼梯顶上，有人会告诉我回去吧，你必须等待，你必须赎罪，我要声明我已经赎够了，自从我们草率地处决了那个野孩子以后，我每天都在赎罪。从那以后，我从未有过片刻安逸，就算在艰难入睡之后也一样。

　　我们把他裹在帆布里，把他埋得又深又好。我们打扫又安顿好他坟上的土，还在上面撒了些树枝树叶，让它看上去从未被动过，我们没有做祷告只是围了半圈耷拉着眼皮站了一会儿，鱼贯走下山坡上了面包车，再次走进未来岁月冰冷的怀抱。

　　在我房间的浴室小隔间里有一个磅秤，我每天早晨沐浴前都会走上去，这样就能在脑海中绘出我的衰退曲线，一天四分之一磅，一天一袋破糖果，体重下降到零。我不怕死，不怕离开这个充满罪孽和反罪孽，罪行和无辜的地方，这些东西全都纠缠融合着，没有一个人是纯洁无瑕的，在这个世界上只有婴儿的脸是纯洁的，他们唯一的罪恶是很久以前由古人写的书中虚构的人犯下的。我甚至不怕把我喜爱的约翰·P独自留在这儿也不会为此而难过，因为他对我的离世几乎一无所知，他可能感觉到的只是身边有一块空地，我曾经在那儿坐过，这种感觉会像阳光下的幽灵一般从他心里消逝。

没有什么好结果。这就是悲惨的真实情况。约翰·P的女儿再也没有摆脱沉默，只是用它紧紧裹住自己，直到被它剥夺呼吸，她的身体再也无法挣脱出汹涌的大海。叠得整整齐齐的纸条上只有一个词：抱歉。她的车整齐地停在停车场的一个角落里，就在从攀岩道到悬崖的马路对面。仪表盘上有一张罚单，显示她已经支付了机器许可的停车费用。她永生的前三个小时已经付过了。

我知道约翰·P的女儿在莫赫走上升天之路时那种绝望的啃噬和刺痛。在这一切结束后不久，我就有了这个想法。夺去了一个人的生命之后，某种程度上我也失去了自己的生命。我会呼吸，但每一次呼吸都会增加我欠这世界的债。我觉得自己不配拥有我那些幸福健康、充满善良和爱的孩子，现在回想起来，我觉得是我在某种程度上一手搞坏了事情：现在好像全世界都觉得，我就和那个可爱的姑娘一样，毁了自己。她在几秒钟内纵身一跃摔得粉身碎骨；我用许多年无声的暴力方式做着同样的事情。我儿子和女儿把自己拖到这儿来看我的那个晚上，好像在恨我：他们呼哧呼哧地叹息，翻白眼，假装惹他们生气的是他们那坐立不安的孩子，而不是我，不是他们少年最好时光里我那种令人紧张的沉默管教方式留下的记忆。

我陷入了邪恶。哪怕是最微小的事情，也会让我失去理智：听到消息时的一阵窃窃私语；刀叉在盘子上的噼啪声和刮擦声；没有按我的喜好收拾的房间。他们开始喜欢出去蹦迪后我就恐吓他们。我喋喋不休，大声咆哮，嘲笑女儿的连衣裙和上衣，嘲笑儿子的脏头发和破裤子，去哪儿都开车送他们，就算他们请求和朋友一起坐公共汽车。我会坐在外面等待，用我的凝视在那些地方的墙上钻孔，我会从门廊往里看，他们的朋友会看到我，会指指点点吃吃窃笑，有一两次，我大步走了进去，强迫女儿和看起来好像要跳热舞的某个男孩拉开一段距离。我妻子一开始无法理解。看在上帝的分上，你到底是怎么了？但是很快，我的愤怒就变成家常便饭。她绞着双手，摇着头，这样过了三十年。

约翰让自己投入沉默之中，正如他那浑身青紫没有翅膀的天使投入大海一样。就好像他继承了她的衣钵。他的妻子憔悴而死，她的凋零和离世似乎对他没有任何影响。对他的无语我只觉得感激：这意味着安全，和一定程度的舒适。我压根儿懒得唤醒他。事情到这一步，人类的想法到这一步，不是很奇怪吗？一旦我们所有不名一文的交易都告完成，我就摆脱了以前的恐惧和不安，我又能跨进我朋友的门槛，坐下来聊聊天气、体育、新闻和本地八卦，看着他在注视窗外的什么，什么呢，我也不知道是什么。所有的老生常谈。倾听、点头和注目。所有的空无，归于空无，为了空无，一年又一年的时光，慢慢打上标记的时间，所有由空洞话语填满的沉默。

我常常在活着和死去的东西中看到类似那个男孩的轮廓，他低着头，身体仍然绑得紧紧的，从那根肮脏的柱子上前倾过来。特别是在暮色中，当幽灵从影子中，从需要修剪的灌木林里，或者从被风吹过的篱笆、一丛蒲草中诞生的时候。有时候在镜子里，我那正常得可怕的脸一出现，我会看到反射在眼睛幽暗处的那根幽灵般的柱子，还有上面撕裂的皮肉和破碎的骨头。每当这时我都会发出一声尖叫，我的血液会凝固，我的心会抽搐，怦怦直跳。

在那些寒冷的日子里，我常常想去沙漠，想要走进空寂，直到双腿再也动弹不得，我想平躺在酷烈的太阳下，皮肉被晒脱，与骨头剥离，依次被清洗，被漂白，干燥成粉末。如果我能给自己选择的特权，那一定是我选择的死亡和处置方式。

可是我在这儿，一动不动地待着。

奈芙蒂斯[1] 和云雀

Nephthys and the Lark

1 奈芙蒂斯是古埃及神话中房屋和死者的守护神，也是生育之神。

因为风的声音，过了黎明她就不能再睡。它似乎总是涌进这条路，在一排排房屋之间被挤压成一阵狂风。她想象屋顶从屋檐那儿被整个掀起，或者一棵倒下的橡树砸穿了椽子。可她们家附近没有橡树，根本就没有树，只有铁线莲灌木丛和半心半意的树篱还有瘦弱的花园柳。它们简直算不上树，窝窝囊囊的。她丈夫总说他爱那风暴的呼啸和雨点敲打窗玻璃的声音。这让他感觉舒服，他说，置身其外，躺在温暖的床上。他的鼾声里确乎有种满足，好像那暴怒的天气真哄他睡得更加安稳了。她在考虑把一只脚伸出床边去，等它够冷时去踩他下背部，他的睡衣边总在那儿卷起来，但她拿不准自己的脚够不够灵活，能不能把睡衣掀开。她也拿不准自己够不够坏到要用这种方式弄醒他。

熟悉的叽喳声填满了阵阵狂风间的空隙。云雀的歌声总在二月开始。整个星期她一直在听它唱，前一天早上她开车离开家时，看到它低低掠过草地，降落在草地中央假山的边上。她认识它靠的是它凸起的羽毛，那镰刀似的冠羽，就像用发胶固定上去的。一个年轻人去跳迪斯科的样子。它的嗓音，再想到它的小巧发型，冷脚丫的恶作剧，丈夫会发出的大叫，他喊**滚蛋**时的大笑，都汇聚成她胃里的一团暖意，一种孩子气的快感。大风随着天空的明朗平息下来，在闹钟响起之前，她静静地躺着，几乎是快乐的，等待着丈夫醒来时的咕哝和窸窣，他的叹息和哼哼，少年们的呼啸和尖叫，一所房子醒来时的乒乒乓乓和咔嗒咔嗒。

她告诉三个孩子他们得吃麦片粥。最小那个想知道要是他们不可以吃可可脆米她干吗要买。它们溜进了我的手推车，她告诉他，这种事不会再发生了。你们可以吃加蜂蜜的麦片粥，也可以饿着肚子去上学。她弯腰亲了亲他生气的额头，他往后一缩沿着后脑勺擦他的手。

太阳斜照

呃，妈咪。最大的男孩把一根球棍放在大腿上，他和他爸爸正在检查那上面的一道裂缝，两人的额头快碰到了一起。她的女儿正在化妆，涂眼睛，擦唇膏，她的裙子离膝盖太远，但她穿着厚裤袜，似乎不值得为此争吵。她女儿一只手里拿着她的 iPhone，另一只手里是片烤面包，她的拇指缓缓地上下移动，有节奏地咀嚼着，眼睛盯着那小小的屏幕，屏幕的光反映在她眼中。雨停了，风也泄了气。一道彩虹从远处山坡上升起，横跨过淡蓝色的天空。

她丈夫拿起那根球棍，让它斜靠在后门上，这样他出去开车时就能记得带上它。吉米·瑞安会给它加箍的，不用担心，他告诉儿子。你差不多从学院回家的路上就能取走它了。我会发短信告诉你。太棒了，爸爸。每天早晨她丈夫脸颊上总是有片红晕，他浓密的头发像男孩一样结成一团。他总是早饭后沐浴更衣，因为他说他不喜欢带着饭味去上班。他总是在下楼前脱下睡衣穿上短裤和 T 恤，还有一双人字拖。这些天早晨他一直因为那双人字拖生气。我的人字拖**他妈的**哪儿去了？嗵嗵嗵上下楼，砰砰砰进出房间。姑娘会翻翻白眼，男孩们会咯咯傻笑，她会告诉他注意用词，拖鞋在前一天他踢进的随便哪个角落，她有比提醒他小心人字拖更重要的事情。一个五十岁的男人还不能小心一双人字拖嘛。我才四十九。不会太久了。她会嘲弄他，但同时对他绽开最美的笑容，因为她知道一想到自己快要五十了就让他很烦。

他在一个商业中心做大楼管理员。他操心的事没完没了。石膏的裂缝，排水沟里的苔藓，过载的电路，渗入墙壁的潮气，松垂的电线。他发现派活儿很困难。他手下有人但你会觉得不是那样。你会以为他是独自一人支撑着那个商业中心的每栋大楼，就像阿特拉斯撑着全世界一样。她为他担心，他英俊脸庞上的红晕，他眼角加深的皱纹，眼白上的红血丝，对他这个年纪的男人就不可能是好事。为砖头和灰泥操心。那些大楼在他走后还会挺立好久呢。好在他一直睡得很好。睡眠很重要。她自己的眼睛倒感觉有点干涩，她浪费了好多时间去听风的呼啸。

最小的家伙在学校门口不再给她一个吻了。车几乎还没完全停稳之前他就冲了出去。初中头一年很棘手。她不会当着他朋友的面强迫他那么做，让他难堪。可是每天早晨这件事仍然让她有点刺痛。她和他的部分联系在流失，这令她痛苦。那些吻会回来，她知道，等他再大一些以后，但那会变成男人的、尽责的、敷衍了事的吻。最大的儿子现在正在这么做：去年夏天他和曲棍球队出去度假前吻了她的脸颊。她听到他伙伴当中有一个好像在说噢呀你给了你妈妈一个**吻**？他回敬了一句是的没错，我也给你一个吻如何？这话让那个自作聪明的人安静了下来。她为儿子感到一阵强烈的骄傲，眼里泛起了泪花。他是那么像他父亲，他已经是这么大一个男子汉啦。

她女儿有个男朋友。镇上的小伙子。十六岁就当真还太年轻了，但事情就摆在那儿。很难跟她沟通，很难想象她会有压力，会感到被迫，会过早地放弃自己，任凭自己被利用和抛弃，任凭自己小小的心被撕成碎片。这种痛苦似乎无法避免，没办法保护她不受伤害。女儿的世界有时候好像都压缩进了手机的方屏幕里，她的全部情感潮水都随着它的引力变化，她的整个存在似乎都是为了嫁给它。她告诉过女儿把男朋友带回家来，但她一直没有。她渴望正式看看他，听听他的声音，了解一下他是否值得尊敬，至少要知道他是不是有礼貌。

从镇上回来的路上她停在了教堂前。停车场是下沉式，铺着砾石。四周一片片积水。雨水常常在松软的地面上凿开小洞，形成危险的水洼等待着车轮。她生气地喷喷出声，停在马路牙边上，主路旁边。这儿的资金本来是准备修柏油碎石地面的，已经筹集到了，却一直没有使用。几个月前，她本人也为资金筹集出了力，通过信箱推送捐款信，卖彩票抽奖的书，排队参加募捐长跑。她的车刚过税期，她不想让任何吵闹的停车系统扫描她过期的磁盘，认定那些并不真实的事情。她差点要再次开走，但又想起她还欠圣安东尼一笔债，上个星期她把奶奶给她的显灵圣牌弄丢了。她承诺要点蜡烛，两欧元一次，后来她终于在秤盘里找到了灰头土脸的圣牌，在此之前承诺的蜡烛数量已经从五增加到十。她包里就有那些硬币，欠债要被收回了，一个声音温柔而坚定地在她脑海里低语。

她本来应该去健身房，她已经连续两周没上动感单车课。但是教练换了，她跟新来的小伙子不太愉快。他样子非常年轻，他的喊声有些过于尖厉。他们把那些没提前交费的人十欧元一小时的价格涨到了十二。所有聪明人或那些屁股最大的人都一次性付钱。他们觉得这样的话，一想到付了钱而没得到应有的服务，就会强迫自己每周都来。她决定在下班前走一个街区，准备好蔬菜和晚餐用的肉，给丈夫留个写好的便条贴在冰箱上。她了结了自己的债务，说了几句祷文，什么都不想地坐了一会儿，眼睛紧盯着极度痛苦的耶稣基督。前排座位上那人的一个动作把她从温柔的遐想中惊醒了，一个老人正做姿态要离开。她自己先离开了，免得卷入八卦和闲聊或者被莫名其妙评判的感觉，感觉自己没有资格与基督为伍。

她削了土豆切了胡萝卜和牛蒡，把它们放进炉盘上炖锅的水里，准备好。她从冰箱里拿出一大块牛里脊，把它放在砂锅里，配上洋葱和苹果片，盖上盖子放回冰箱。她在一个 ESB 信封背面写上：

1. 把烤箱开到 180 度。2. 红灯灭时放入冰箱里的肉。应该烤两小时。3. 沥干汁水，把 OXO 牛肉汤块和水混合成肉汁。4. 肉烤熟后放入土豆和蔬菜烤约 20 分钟。

他知道怎么做但她总是要留字条，用大儿子一次学校旅行给她买回来的艾菲尔铁塔形状的磁铁贴在冰箱门上。她穿上运动服快速走过街区，注视着灌木篱墙和花园及草地，寻找她的云雀，她的小男子汉。看不到它，但她又听到了它的声音，令人心颤，叽叽喳喳，渴求着爱。她脸红红地回了家，小腿有点疼，但感觉良好。她的早晨过得很好，离二到十点的轮班还有一点时间，所以她可以轻松地洗个澡，往楼上爬时她唱着歌，想着这个周末她准备给丈夫五十岁生日的惊喜，想着做点什么让他的心思从年龄上移开。

她到的时候休息室空着。主管让他们全都在工艺美术室里做手工。主管上过一门这种类型的课，她觉得她把他们给她的那个证书太当回事了。证书被镶了框挂在工艺美术室墙上，就像挂在那儿的一个指控。你够资格待在这儿，给这些人展示如何把一颗纽扣粘在一卷手纸上吗？你就是个笨蛋，你没有**证书**。不管怎样，无论如何。主管正在宣布被溅到地板上的颜料码数，而那个洒颜料的人正弯着腰悔恨地站着，一只胳膊举过头顶，另一只还在用滴水的画笔胡乱涂抹。坐下，你坐下，主管说着，可是洒颜料的人没有动静，当主管在那亮蓝色的水洼里浸泡一块脏兮兮的抹布时，她的声音变大了，脸也更红了。

太阳斜照

她很高兴能够再次从那儿抽身而出，那一团乱麻啊。她被安排到那间小屋值班，那里有三个严重残疾的病人，年纪比较大，哑巴，通常都够温顺。从主楼的后门走一小段路就到了那间低矮的小屋，小屋的两侧是格架花园和一丛新栽的果树。沿狭窄小路往过走时，她感觉到起风了。她看看黑下去的天空。她希望不要又变成风暴。她忘了听天气预报。她会在那间小屋里用谷歌查。她从起居室的窗子上看到了那个新来的女孩，站着，双手放在脑袋两侧。她在小屋门口与尖叫声遭遇。那个新来的女孩和她擦肩而过，低着头，差点撞上她。感谢上帝一天过去了。他们三个一整天都很古怪。我搞不懂。我在桌上留了条。祝好运。

　　注意：巴里在 12：10 分撒了尿，没有拉。尽管他需要拉，却憋着。玛丽·L 整天都在玩游戏机，着了迷，不吃午饭。玛丽·M 像个泼妇，挠人，指甲太长。已经告诉护士巴里没有拉。

　　她深深呼吸了两三次来镇定自己。她握紧拳头又松开。她双手在下巴下面握住，胳膊肘紧紧收起来夹住自己，就像健身房那个做瑜伽的女孩说的那样。她没有理睬一只手抓着自己屁股另一只手在空中疯狂画着弧线在房间角落里恸哭的巴里，走向玛丽·L坐着的那个巨型豆袋椅，儿童游戏机那闪烁的灯光映在她棕色的大眼睛里。玛丽·L，玛丽·L，看着我。你必须扔掉那东西一分钟来吃你的饭。玛丽·L，玛丽·L。她伸出左手，握住灰色塑料游戏机的顶部，当玛丽·L抬头看时，她把右手挥到身后，只差一点就用上了全部力气，回手甩到玛丽·L的脸颊上。玛丽从豆袋里侧身倒在地上，躺在那儿呜咽着躲避她。她抓住玛丽·L脑后的一把头发缠绕在自己手指上，猛地往上一拉，玛丽·L因骇人的疼痛尖叫起来，四肢张开，她扯着那把头发，弄得玛丽·L开始往前爬行以减轻压力和疼痛，这样一来她就能把玛丽·L拖过生活区拖到一张椅子上，她从那天新来的女孩早准备好的三明治里拿了一小块，玛丽·L嘴里发出一声长长的哀号时，三明治进去了，玛丽的眼睛鼓起来，她猛地一挺，咳嗽起来，双手伸向她的脸，但又被打了回去，一块块湿乎乎的面包、火腿和搓碎的奶酪从她嘴里掉到桌上和她腿上。

吃了，该死的。三明治。玛丽·L，吃了它。吃了它。她把沾满唾液的三明治块收集在一张方形厨房纸上，又从玛丽·L干裂的嘴唇和牙齿缝隙之间塞了回去，她一只手掌从她下巴下面往上推，另一只手掌从头顶向下按，这样玛丽·L就只能用鼻子呼吸，空气通过她的鼻孔出出进进，一道道水汪汪的鼻涕流出来，顺着她的下巴往下流，玛丽紧紧拑住抓着自己嘴巴的她的胳膊和双手，但是没有用，她能做的只有吞咽，因为她知道那是她应该做的，然后这事就会结束。

玛丽·M和巴里现在安静地看着。巴里仍然抓着他的屁股。她擦干玛丽·L的脸，吻了她的脸颊，还说好姑娘，玛丽·L，现在看看你吧，你到底还是个能吃午饭的好姑娘，他们还能说你只是个坏女人吗？你根本不是，你是个好姑娘，你就是。现在把剩下的吃光。她绕过桌子走到厨房区，在那儿打开热水冲手，打上抗菌肥皂擦洗，然后慢慢地擦干。她的眼睛一直盯着巴里的眼睛。他懂。他指着厕所的门，抬起了眉毛。没错，巴里，她说。马上到那儿去拉你的屎，不然我他妈就把它踢出来。进去，你这小杂种，拉屎。你自己会擦屁股。玛丽·M，坐到你座位上，看你的DVD，管好你他妈自己的事。

这个晚上就这样安顿好了，每个人都知道要安静要乖，这就不算太坏，她还能用谷歌查天气预报，看看《艾玛镇》和《加冕街》[1]，从厨房送来的所有炸鱼条、华夫饼和豆子，他们几乎都吃光了。护士大约在八点左右拿着药片进来，对玛丽·L那青紫的脸只字不提，第二集《加冕街》演完后，三个人一点没麻烦地穿上睡衣，摇摇摆摆走向了自己的床。

她开车回家时，空气清澈宁静，低压锋已经离开。星星在云朵间的空隙眨着眼。她希望丈夫煮的肉正合适，她希望他这一天不是压力山大。她希望早晨能听到云雀歌唱。

---

1 均为英国肥皂剧。

太阳斜照

天空

Sky

这房子外面的那条路就是我父母结婚后每天早上一起做弥撒时必经的。他们手牵手，然后臂挽臂地一起变老。这现在简直会被看成是罪孽，每天做弥撒是一件值得怀疑的事情。你就没有更好的事情可做了吗？不，信仰，我没有。并不是说我陷得太深，我这样做只是为了纪念我亲爱的父母。我和基督只是点头之交而已，以防万一嘛。向天上发送一两个祈祷又有什么害处呢？

　　可疑之处还在于，住在你出生的地方，走在你父母走过的路上。难道你就从来不想看看这个世界吗？不，信仰，我没有。这条路跟任何路一样好，或者一样坏。

每天晚上把我院子上方的天空染黑的乌鸦，都是妈妈注视过的乌鸦的后代。在同样被它们刺破的天空中，发出同样的叫声和聒噪。那些乌鸦在东边的山上有什么事要忙？不管怎样，每天清晨都有一些重要的事情把它们带到那里，带到帕拉斯贝格、帕拉斯莫尔和腾纳山。它们在渐暗的光线中列队回家，用大约一个小时跌跌撞撞地飞回来，沉重而疲惫。我站在它们下面，像我父母一样吃惊。

乌鸦有了不起的见解。晚上睡觉前，它们会栖息在镇上所有重要建筑物——法院和镇政府还有银行——的屋脊上，开一场夜间会议。他们绝不光临杂货店或普通民房，或者任何更不起眼的建筑，只在经过时歇歇脚罢了。然后它们就彼此大喊交换这一天所有的新闻。据我所知，一共有三群，每群有一个总部，围绕广场呈三角形，对着我们主那灰白的石头脑袋大喊大叫。三个部分，一只乌鸦。一旦它们争论并且组织完毕，就把屁股转向城里，向两座圣玛丽教堂那棵巨大常青树幽深的内部飞去。它们牢牢依附着它们的家，就像我一样。

这条路上的房子都充满了悲伤，就像随便什么地方一排排的老房子。一张失落的地图就可以标绘它的全部。孩子被带走，男孩占多数，意外、疾病和其他事情。所有这些人都以为我不知道他们的悲伤，不让我看见，但他们错了。我很清楚它紧紧抓住你那种冰冷，它从你肺里偷走呼吸那种方式，一颗破碎的心那种参差不齐的怦怦跳动。

初冬的一个晚上，我看到一束光就像移动的星星。它从东到西飘浮着，过一会儿又回来，两三分钟内就横跨穹顶似的天空。我的邻居告诉我那是国际空间站，正在绕地球飞行，里面有男人和女人。他也出来注视着它。他听广播里说那天晚上它将清晰可见。太空男人和太空女人，在空间站里飞。是什么把他们和我分开的？在我的视线里，一无所有，应有尽有。从那以后，我见过好几次这种高速的光，还有其他类似的东西。行星，我的邻居说，他甚至知道其中一些的名字。看到那个太空船后我开始认真研究科学，阅读书和杂志，主要是在图书馆，关于这类事情我学到了很多。天空中为人所知、为肉眼所见的各部分的名称。我读了极大与极小，也读到除了人类的思想，他那一大把想象的连线，没有别的东西能将两者联系在一起。事物由什么组成，我们的粒子。

我姐姐的孩子用我父亲的名字命名，和我一样，叫威廉。我总是叫他比利，因为我自己从未叫过这个名字。他就像在这房子里长大的一样，因为我姐姐在他童年时就准备离开她丈夫。一次漫长的分手，一段悠长而微微倾斜的泪河谷。我的父母几乎不曾把目光从他身上移开。后来他们在小比利不到四岁的时候几乎同时离开了这个世界，我刚刚步入三十岁，对我来说告诉他他们去了哪里很艰难。于是我在夜晚指着天空告诉他，他们正在那儿朝他眨眼呢，他好像很是开心。我姐姐那时更专注于她自己，她丈夫去了国外某个地方，她开始上大学课程提升自己，我总是在家门口等着比利，好些晚上，好些周末，有时连续好几周。我会在早上给他做炒鸡蛋和香肠，在长沙发上让他躺在我身上温暖而困倦地看动画片，带他去公园，去电影院，去游泳池。我曾在夜里站在他卧室门口，看着他，倾听他的呼吸。我曾亲吻过他的脸颊，在他离开时用泪水打湿过他的头发，我曾把他紧抱在怀里，直到他挣脱了我，不久后一天早晨，浅蓝色信封里的信来了，是我姐姐写的，告诉我比利一段时间不会再来，因为他得为夏季考试学习，他现在一周有两到三次曲棍球训练，他整个暑假都有探险夏令营，他们可能会在圣诞节前来看我。

那个圣诞节来了又去，没有来自他们的一点痕迹或只言片语，随着春天临近，一种强烈的渴望在我心中滋长，我只想看他一眼，跟他待上一天，甚至一个下午或一个小时看到他听到他在他身边也行。我写了封信给罗尔达很快就有了回复，宣称有好消息，还有更多的好消息：她遇到一个可爱的男人，他想和她在英格兰安家，比利是那么喜欢他，他也那么喜欢比利，他们不会再来骚扰我了，因为罗尔达现在已经得到了硕士学位和一所英国大学学术职位的录用通知。我把这些好消息一读再读之后，冲了一杯茶放在面前的厨房桌上，坐下来注视着太阳消失在阿拉山背后，当天空因同一个太阳升起而泛红时，我依然坐在那儿看着外面，我的茶冷了，没去喝。

我的比利现在已经是男子汉了，自从上次拥抱之后，我再也没见过他。

大多数日子，都有一个男人在这条路上走来走去，脸上的化妆品涂得乱七八糟，赤裸而毛茸茸的胸膛上挂着一串珠子。他青筋纵横的耳垂上有几个奇形怪状的星座标志。他从不跟我说话，我也不想跟他说话，只有一次他停在我大门外问我借十镑，因为他被一盒烟给困住了。我告诉他我没有，他问那有没有五镑。我再次摇头，他清清嗓子啐在我门外的路上，踩着一双脏兮兮的跑鞋，迈着沉重的步子朝街角走去，皱巴巴的裙子在苍白又疙疙瘩瘩的小腿周围窸窣摆动着。我嫉妒他，我不太确定是为什么。他赋予自己的自由，也许，只是少抽一支烟而已。

有一次，我拨通了教堂前厅布告栏上看到的一个号码。我并不是有意去记它，但我的眼睛老是被它吸引，号码下面那张黑白图片上一个女人把一只手放在前额上，耳朵边一个电话，长长的头发披散在脸上，有种悲伤和渴望感，像白昼般清清楚楚呈现在我眼前。等一个女孩用柔软可爱、善良温暖的声音回答之后，我感到一阵可怕的尴尬。她问我名叫什么，我说威廉，很遗憾事先没准备好谎言。我开始对她讲我有多想念我的小外甥，然后想起来现在他只是在我记忆中很小，无论他在哪里都已经是个大人了，高大英俊健壮，对他童年时常常想起的一个老舅舅只有模糊的记忆。无论如何，我永远不会再见到那个小男孩了。那个男人是想着我的那个男孩吗？几乎不是，我得说。现在我对他来说只是个幽灵，他对我来说也是。

我勉强对那个训练有素给予同情的女孩咕哝了声谢谢，就猛地挂断电话，坐在大厅电话桌旁的座位上，一种尴尬不安和羞耻难当，陌生而又熟悉，立刻从什么地方升起，我不知道，我不知道从何而来。

然而，那一次并非我犯傻的结束。还不到一年，我又回头做了这种事。在一个寻找失踪家人的电视节目最后，我发现一个号码。当我听到那个外国电话铃声时想象比利会接电话。那种事发生过：遗失在海滩上的结婚戒指数年后在丢失者捕获的鱼肚子里出现；孪生双胞胎一出生就分开，彼此互不认识，结果却有一样的工作和名字一样的孩子。可惜接电话的不是比利，当然不是。我着急地把故事讲给另一个声音柔和的女孩听，她操着可爱的英国口音。我告诉她这么多年来罗尔达和比利都没有音信，几十年来我几乎不知道他们相互叠加在一起了，她沉默了好一会儿，直到我说喂，你还在吗？很抱歉，威廉，她说，几乎是在耳语，不过那不是我们真正感兴趣的情节……她停顿一下又说，得卷入一种状态，一种更加……更加……

什么呢？我本来可以说。一种什么呢？我本可以对她生气，表示愤怒。但我结束了她的不适，用我的手指切断联系，结束了她勉强要把我的故事解析为简单一个字的努力。我把话筒夹在肩膀和下巴之间，坐下听了好一会儿那不间断的哔哔声，当眼泪在塑料和肉体之间汇聚时，我想到了心脏监视器和收容所的卧室，想到了脱离地心引力的灵魂。

我在图书馆上了一门计算机课程，学会了如何查找信息，如何使用搜索词如何用谷歌诸如此类的一切。我在那儿搜索又搜索，什么都没找到。那位年轻的老师帮我在网上订购了一台属于**我**自己的笔记本电脑，他向我展示了如何通过一个小小的方形装置来为家里接入宽带，只需插上电源，打开再连接即可。

等我的笔记本送到后，我打开包装插上电源又开了机，按我所学一步步连上宽带，点击了那个谷歌标志，一个空的矩形窗口浮现出来，光标在里面，看着它冲我一闪一闪，我的心也随之跳动起来，我突然被窗口后面的东西吓了一跳，身后没有导师或图书管理员在观看，可以无拘无束地得到此刻拥有的一切，一个充满知识和废话的世界，可是其中没有一点东西对我有什么实际用处，我拔掉了笔记本电脑电源线和宽带线，把它们放在客厅的壁橱后面，它们现在还在那里。每个月那笔宽带费依然无一例外地从我的账户中扣除。

我认定，天空对我来说已经足够，除了我自己和网络以及想象中人们的关系之外，其中所有的一切都是奇迹。到底有什么知识？是不是真的？什么能为我们所知？

那种沉默会成为隔阂、距离、鸿沟，并且加宽加深，最终变得深不可测，不可跨越。

乌鸦将在一个早晨离开奔赴它们最后一天的工作，有一天晚上，我将最后一次望着头顶上的天空，感觉到遥远星系中心的冷却。

所有的事物都会走向混乱，而混乱本身也会走向静止与和平。

所有星星，还有我和高傲的乌鸦，我的父母，罗尔达和我的比利的原子，质子，夸克和轻子的所有部分，所有现存或曾经存在过的事物都将各自排列好，最终在各个方向上彼此等距，在黑暗和寒冷中静止不动。

来自没有星星的晚上

From a Starless Night

今天一大早我穿上跑步装备下楼出门开始跑步。房东背对着我，在他的商店外面抽着烟。我穿过马路避免和他说话。穆尔蒂挺可靠，但我知道他在那儿等消息，等故事呢。我没法面对。他的女店员会告诉他出了什么事。他们昨天透过窗子应该看到了离开的场面，大小箱子和打包绳的喜剧。

起初我跑得很慢。伴随着鸟鸣，迎着纯净的微风，经过曾是达文阿姆斯的历德超市，有一次我们在那儿相遇还假装互不相识；经过门面煞白的伊凡商店，我们以前常去那儿买高档面包和酒；经过轮胎店和修车厂还有利默里克小酒店，我们上大学那会儿我周末常常在那儿洗盘子，她总在厨房最忙的时候给我打电话，所有的厨师都会翻白眼，生气地一阵猛剁，让叮咣声更大一些；经过环岛和红绿灯，跑上快车道的路肩，跑进干净、宁静、雾蒙蒙的乡村，跑进清晨，跑进朝气蓬勃的一天。

詹妮前天晚上告诉我要跟我断了。我们直到日出前都在以**我是那个**和**你是那个**打头的句子争吵。我恳求她，但她告诉我我所有的机会都用完了。她父亲昨天早晨过来领走了她。她走后公寓一扫而空，只留下了一小堆破旧衣服，顶上是我在新德里给她买的一个装饰用的象头神。现在这儿出现了以前从未有过的回声，所有软绵绵、毛茸茸的东西都不见了，没有什么能吸收我的声音。我坐在遭受过打劫的公寓中央一把餐椅的边缘，对象头神的象脸吐了个烟圈说，好吧，象头神，我们他妈的现在该干什么？他什么也不回答，只是四脚盘腿坐着，用他那白石膏眼睛盯着我。

我不喜欢一个人待在公寓里。有一次我看见一个幽灵，从右往左走过了厨房地板。她穿着牛仔裤和一件宽松的长衬衫，头发是棕色的，很长，脸很苍白。她以前住在那儿，死于一场车祸。她是回家来，她不知道自己已经死去。我从没告诉过詹妮，这事发生在一个周末的晚上。她周末很少待在公寓里，还保持着大学的习惯：周五晚上回家与家人和儿时的朋友团聚，周日晚些时候或周一早上坐公共汽车回来。穆尔蒂的妻子叫来她认识的一位神父，他来的那天我们忙着往墙上和地板上涂油，对那个死去的女孩轻声细语，让她走进光明之中。我觉得她照办了，从那以后我再也没见过她。可是，我依然害怕她会回来，再让我吓出尿。

不管怎样，我成了孤身一人，对此我似乎无能为力。我给詹妮发了几次短信，但她没回。或者是我以为她没回吧：我手机上的密钥冻结了。她已经离开了我，我不太确定到底为什么，但是与冷漠、缺席、不投入有关系，诸如此类吧。可是，我没想到她会这么突然地发脾气，流泪，出走。

就是这样，就这样，她说着，抿嘴一笑，下巴上露出甜甜的酒窝。我感觉，我感觉到了。某种新东西。一种对她专一的爱，缠绕着我。明知她不会回头。你会没事吗？是的，是的，我会很高贵的，我低声说。她说，抱抱吗？我就站在那儿，于是她走到我身边用双臂抱住我，我僵直地站着没有动，并没有想过要生气，于是她抽开身子，用疲惫的声音说哦，看在他妈的老天分上。在我把头从光秃秃的地板上抬起来之前，她下了楼。

她父亲把她的东西塞进他那辆古老的捷达车里，用他的大手包住我的手，只是上下摇晃了一下，然后凑近我，鼻毛茂盛的鼻孔张开着，猛地把头扭向他那空转的汽车和泪流满面的女儿说，海里的鱼多的是，孩子。不管怎么说，她和他们来的时候同样倔犟。他望着她，眼里闪着崇拜的光芒，他用一根打捆绳把他的靴子绑在拖车杠上，他们就走了。

很小的时候，我一遍又一遍问母亲同样的问题。为什么我没有奶奶和爷爷？为什么我们从来不去度假？她会回答，每一次答案似乎都不一样，她的话对我来说毫无意义。通过她脸上表情的变化和进入她眼里的那种冷漠，我就知道何时该停止提问。我对她的了解那么彻底，那么深入。我能感觉到她周围空气的变化，我能感觉到她的脾气在变坏，变温柔，她的潮涨潮落。我沉醉了，着迷了，我为她痴狂，我时时想要触摸她，想沉浸在她的温柔之中。耶稣基督啊，你能从我脚底下出来吗？她会说，我会爬到沙发后面哭起来，她会把我抱出来对我说，对不起，亲爱的，对不起，我的小家伙。在漫长而空虚的下午，我们搂着彼此，睡在沙发上。

　　有一次，在我四岁或五岁时，我用我们房子旁边的独轮车做了一批泥人。我一直在为什么事哭泣，在做泥人的过程中迷失了自我，没有腿的泥人排成三排，有青草的头发和小石子的脸，我妈妈说她喜欢它们，我的小部队，它们很漂亮，它漂亮，我也漂亮。她拂过我前额的刘海，吻了吻我的后脑勺和我极咸的脸颊，我闻到了她身上的烟味，还有香水味。在那一刻我觉得，整个宇宙的存在只是为了让我在它之中，在太阳底下，得到她的吻。

　　后来那几年她总是跟一个男人出去，他过去是个农场主，后来卖掉了一半土地安排另一半做别的。任何时候碰到他，他都会脸红，递给我的手微微颤抖，让我替他感到难过。生意如何？他问。计算机世界的情况如何？最好不过，我说。尽在掌握。我用他说话的方式来安抚他，让他不再紧张。我本不值得他为我紧张嘛。很好，神哪，他说。这就是掌握它的方法。没错，我说，我们看着对方，不知道该怎么把目光移开。你看比赛了吗？他每次都问我，我撒谎说看了，他进入长时间的分析，脸红和不安慢慢退去。因为她，我喜欢他在那儿，所以为了她，我可以更容易地离开那儿。

我父亲的名字是芬巴。我开始不知道他是我父亲。我还是孩子时他已经是个老人，不过仍然高大英俊，住在长山半山腰的一幢平房里。他穿黑色西服，烟不离手。他有过一位妻子，已经死去。厨房里有张她的画像，在圣心旁边微笑。我会被载到他的门口，他会带着惊奇的表情来开门，那样子好像他的生命因为看到我而完蛋了一样。他住在我母亲三条街和整个人生之外。她曾是他的秘书，只有几个月，两人发生了些什么引出了我。他在房子后面给我造了一个带天窗的房间，这样我就可以在睡觉的时候看星星了。可是我看到的只有一团漆黑。芬巴会抬头看看那没有星星的夜晚，又低头看看我，把手放在我脸上说，今晚睡吧，小家伙。早晨，他会说来吧，小家伙，从那儿起来。他从来不带我去任何地方。好多年后我才明白他是觉得丢人，不是因为我，而是因为我的存在这一事实。

我十一岁时芬巴死了，当我坐在那幢平房的起居室里惊讶地盯着芬巴一动不动了无烟气的尸体时，一个男人告诉我他是我哥哥。他看起来跟芬巴一样老。他秃顶，戴眼镜，眉毛又黑又密，末梢向上卷起，像个卡通魔鬼，但他的脸在微笑时会变，好像很善良。他告诉我，好多好多年以前他就和芬巴闹翻了，一直没机会和好。我们吵过嘴，他说，为了你。我？他点点头，我很快就明白了，不需要他再说什么。要永远对你妈妈好，他说。千万别和她闹翻。万一闹翻了，一定要弥补。我再也没见过那个自称我哥哥的人。但是有人卖掉了芬巴的房子和它后面我的房间，我猜一定是他。

　　我十四岁时，用全身力气把一只小猫踢到了墙上。我一直在城堡各处散步，看见她在那儿，静静地站着，轻轻地叫唤。那只小猫撞到墙上时，随着她体内小小血管的破裂，发出湿乎乎的爆裂声。白昼停止，微风散去，一片飘浮的树叶停在我的脚下。现在我已经没有任何办法挽回我做的这件事了。我转过脸走回了家，在门厅经过母亲身边时她问我怎么样，我以那些年里一贯的态度没有搭理她，但我很想哭着乞求她，确认我没有杀死那只猫，求她让这个世界倒带，好让我内心紧绷的东西放松并且消失。

　　詹妮以前离开过我一次，但那次我知道她会回来。不过就为了找到一种感觉，我们之间是扯平的，我跑到镇上在佩里广场漫步，朝一个深色头发的女孩点头示意，她背对人民公园的栏杆站着。脸上的化妆品闪闪发亮，绿棕色的眼睛周围一圈黑，她的气息温暖而微酸，牙缝大得可爱。我告诉她我想要什么还付给她要的两倍价钱，她点头同意，微笑着轻柔地抚摸我直到我睡着，在清早吻着我耳朵叫醒我。我在寒冷的拂晓开车送她回镇上，把她丢在昏暗的街道旁一扇破旧的门边。我等了一会儿，看她会不会回头看我。可她没有。我指望什么呢？

你无法毁灭能量。所以每一种曾经出现过的声音依然存在。我说过的一切仍然飘荡在太空中，还有别人对我说过的一切。有一次我站在自然历史博物馆里一副鲸骨前面，它被安置在一个玻璃屏风后面的基座上，我想象着父亲站在我身边，他是一位精心打扮的父亲，年轻而瘦削，穿着 T 恤，肌肉发达。我们两个都赞叹不已，吹口哨表示惊讶，他的胳膊轻轻放在我肩膀上。一想到这是从未发生过的，我就哭了。去你的，芬巴，我大声说，可没人听见。而这些话仍在宇宙中轻柔地飘荡。我希望他永远不会听到。

我常常纳闷，我在芬巴房子里的那些晚上母亲去了哪里。也许她出去了，跟朋友，跟男人，年轻男人，或许她只是需要休息一下，一个人待会儿，从我无休止的爱中走开一会儿。

突然本拉提城堡已在我身后，我在下坡，道路直通香农机场。我惊讶于自己的饱满精神，膝盖和脚踝并不疼。我调整了一下肩膀、臀部和膝盖，让脸迎着凉爽的微风，很快经过了登机口那个空岗亭。

在那条宽阔的跑道边，我看到一个飞行员。他正抽着烟，靠在私人飞机机库边缘栅栏门的金属门框上，注视着我前进。他冲着我笑。一架黑色湾流飞机沐浴着阳光停在水泥地上，与最近的机库形成了一个角度，它的机头锥几乎得意扬扬地向外翘起，那架势让它看上去像是匆忙之间停在那里的，就像一辆赶着办急事的汽车仓促停在了双黄线上。靠近他时，我放慢速度走了起来。他朝天空吐出一道烟说，你好，朋友。你看上去挺累。过来坐下跟我一起喝点咖啡吧。他用一只闪闪发亮的鞋子碾碎烟头，把自己从懒散中拉出来，头也不回地走了起来，我跟上了他。

他给我看了飞机的控制系统、油门和舵柄踏板、高度计、平衡计数器和雷达显示屏，递给我他的头盔和帽子，当我戴上它们的时候，他大声笑起来。我望着停机坪对面远处的候机楼和观景区，我和妈妈有时会去那儿观看飞机起飞和降落，我确信我能看到那儿有两个人影在回看我，一个深色头发的男人和一个浅黄头发的孩子。我向西凝视着香农入海口海水的闪烁，海水在那里拍打着里尼安娜泥滩，我想我在这儿跟这个脸色蜡黄的微笑男人在一起是多么疯狂啊，我从他手里接过一小杯缕缕蒸汽环绕的咖啡，他说他今天很难过，他会告诉我为什么。

他父亲曾是个旅馆老板，一个爱笑的大块头，爱帮邻居解决难题。当他打算去麦加时，就会去那儿祈祷，但这么做更多是出于顺从而非虔诚，他是所有人的朋友。他父亲被指控窝藏叛乱分子，有一天晚上被抓走，在他们镇子边上的一所监狱里关了一个秋天加一个冬天。不允许探视。他父亲在一个寒冷的早晨被释放，奉命赤脚走回家。完全变成了另外一个人，佝偻着腰，眯缝着眼，脸色蜡黄，卷曲干枯得像一片落叶。眼睛在萎缩的脸上似乎更大了，它们低垂着，满是黑暗。说话的时候对着地面低语，仿佛害怕狱卒会听到，会生气，会找他算账。他因恐惧而畏缩又畏缩，直到最后什么都没留下，无声无息地从生活中溜走了。

作为交换我告诉了他芬巴的事。芬—巴，他说。芬巴。这是个好名字，一个好心人的名字。我们是同样的父亲的儿子，他说。我们是兄弟。然后我注意到，放在驾驶舱门附近折叠坐椅上一个打开的手提皮袋有了动静，一只小猫探出它白色的脑袋看着我，盯住我的眼睛，又消失在它的安乐窝里。我的新朋友把袋口拉上一半，冲着里面的黑暗低语说：睡吧，小家伙。

他站起身，招手让我跟着他穿过驾驶舱门。他看着我的眼睛，苦笑了一下，然后拉开了朝飞机乘客区那面合上的帘子。两名男子瘫坐在椅背向后倒的座位上，两人都把半边脸面向对方，头向后仰，喉咙被割开了。他们的衬衫被血染黑，嘴巴因震惊而张得老大，眼睛却幸运地闭上了。这个人，飞行员指着左边那个死者说，这就是撒谎让我父亲坐牢，还下令让他挨饿挨揍的那个人。还有这个，他指着另外那个死者说，是民族解放军的一个上尉，他们军队跑到我的村子，从我家里拿走了生活必需的所有东西。

那只小猫突然嗖地从我腿边跑过去，下了步梯跑到停机坪上，消失了。我头也不回地跟着它走下去，迎着午后的阳光，朝城市的方向跑去。我在道路顶端停了下来，向下看了看那家铺子，那上面有我和珍妮的公寓。我想起了从前的自己，在雷雨云滚滚而来之前的自己。我记得睡眠没有被坠落的梦撕破。我从腕带里撬出钥匙，感觉它压着我皮肉的部位在灼烧。我打开那扇木门上了楼，平躺在沙发上睡着了，傍晚醒来，在暗淡的天光中，我看到芬巴正坐在我对面的扶手椅里。我的滑板还待在前天晚上放的地方，没有磨损，静静等着。我的装备仍挂在木制的厨房椅子上，地板上我的血正在变黑。

来吧，我父亲说。你现在好了。忘掉它，振作起来，儿子，我会带你回家。

汉诺拉·瑞安，1998[1]

Hanora Ryan，1998

1 本篇小说背景：一战时有二十一万爱尔兰志愿兵服役于英国军队，但英国当局怀疑其忠诚度，他们遭到诸多不公平待遇。战后不久，爱尔兰共和军就发动了旨在独立的对英游击战。对于是否在一战中为英国军队效力，小说中的"我"与"柯尔曼"作出了两种选择。

快打仗了，我父亲在一九一四年的一天说。就在尼纳城里。今天一大早我突然看见所有英勇的芬尼亚社[1]成员从巴巴哈那座小山上冲下来。跑到《卫报》办公室门外大吼大叫。高高挥舞着征兵海报。我敢说他们之间毫无瓜葛，主啊，但他们肯定有了不起的妻子。要打仗了，他边说边摇头。现在记住这个，你能做到。现在，不要让自己傻呆呆地陷进去，不要。离这一切远远的。

---

1 芬尼亚社是十九世纪五十至七十年代爱尔兰反对英国统治、争取民族独立的秘密革命团体，主要成员为城市手工业者、知识分子。

会有小伙子进军营的，千真万确。

《尼纳卫报》当时和多年之前一直属于高贵而芬芳的陛下那些忠诚的国民所有。爸爸说像王室这样的人，总是被像刚怀小牛的小母牛一样对待。直到一两年以后的一九一六年我才基本确定，《卫报》被瑞安家买下了，他们直到今天仍然拥有它。（所有姓瑞安的都是我亲戚，如果你把家谱追溯得足够久远就会发现。）

如果我听说你靠近了那个地方，爸爸说，我就痛打你一顿。但当他转过脸不再看我的兄弟姐妹和我，回到他的食物中时，我并未在他脸上看到坏脾气的痕迹。就好像这种事是有可能的，他已经在一个孩子身上留下了记号。我温柔的父亲，他总是谈论战争，战争。

反正海报被撕掉踩进了烂泥，更多海报被贴起来，RIC给一个叫蜡人沃尔什的打电话把他捆上拖到军营街，一小群爱尔兰志愿兵攻击他，一个人被击中了胳膊，好长一段时间的忙乱终于结束了。但是所有响应被印在《尼纳卫报》海报和报纸头版上国王与国家召唤的人都被告知，别指望他们回到蒂珀雷里会享有和平或得到住处。他们会被面包噎住，那是用国王的钱买来的，他们的家人也一样。

罗伯特·韦森·柯尔曼比我大五六岁。他跟我们交往了好多天，只有一半是不为人知的。他和我的兄弟们在那片长长的土地上玩曲棍球，有一次还给他们看了一只橄榄球，他们的眼睛都好奇地瞪大了。它是方的。我姐姐爱上了他。我想我也是，但我虽然更年轻却不像玛丽那样爱幻想，像她那样完全被这种事压倒。我大哥说他恨罗比·柯尔曼，因为他是个抢别人土地的龌龊英国浑蛋，但当我们听说他在佛兰德斯战场上阵亡后，我哥跑到谷仓里哭泣。

我年复一年地读威廉·巴特勒·叶芝写的一首诗。上帝啊，它从我身体里夺走了呼吸，从我脑海里夺走了词语。这首诗关于另一个罗伯特，虽然他的名字在诗句中未被提及但某位教授什么的在下面是这么解释的。这首诗被认为是关于罗伯特·格雷戈里少校的，他是格雷戈里女士的儿子，不管怎么说这名字听起来跟我的罗伯特非常相似。一个来自大宅子的男孩告诉他，拜他体内的血液所赐，他对出征异国土地负有忠诚和义务。诗里的男孩不恨他的敌人，也不爱他的国王，基尔塔坦是他的国家，那个地方的人很穷。就在高威郡高尔特那边。有个星期天我们去那儿兜风，把车开进科奥尔公园去看天鹅和刻在树上的那些响当当的名字。我体会到一种可怕的孤独感。当那个男孩驾着他的战斗机朝天堂飞去时，那位叶芝不可能知道他脑袋里的想法，但如果他错得太离谱，我的灵魂就会被诅咒。

这个地方和它附近有许多家庭失去了一个儿子或一位兄长或一位父亲，可他们从来没有竖起过石头或十字架来纪念他们。他们的记忆在沉默和耻辱中埋葬。柯尔曼一家自由地为英格兰而战，可以委托最好的石匠制作基座和牌匾，将他们牢牢固定在土地上。为什么他们就不能？为什么他们不竭尽全力以某种方式留住他们亲爱的罗伯特，在冰冷的石头上再刻上些字。

戈特纳布莱肯的唐奈家有一个男孩回来了，得了炮弹休克症，基本聋了。他毫不掩饰自己到过什么地方而且他不会为任何人让路，无论对方是什么军衔什么地位。就算前方是地狱他也不会退缩。但他有时仍然会缩成一团，面色苍白地沉默几星期几个月，然后突然大喊大叫，在酒吧和大街上咆哮，望弥撒时在错误的时间站起跪下，说祷词时声音过高还大笑不止，以为世界上其他人都像他一样不存在了。他的兄弟们尽力让他安静下来，那时候已经变成 IRA 的爱尔兰义勇军警告他的父母对他严加管束，费兹威廉神父甚至在神坛上以他的名义祈祷。他作出的牺牲，他本人付出的一切，在一场公平战争中的战斗，有上帝的保佑，他的正常想法，都遗留在巴雪戴尔战场上了。

我听说唐奈家那个男孩——他名字叫什么来着？——不止一次说他的部队里好多人因为在长官面前没戴帽子或没向他们正确行礼或其他类似的小差错被枪毙。那些爱尔兰小伙子对他们来说一文不值，什么都不是，甚至不算人。想象一下，离开这个教区而且喜欢它的人们，那些离开这绿色原野和起伏山丘的可怜的正派人们，为一个国王对抗一个帝王，就因为没把制服穿好或者睡着了就被暴跳的英国小约翰尼枪毙，或是因为没有足够快地跳进战壕而掉进了死神的巨口。他最后被送到坦普勒托跟一个老叔住在一起，那人没有孩子，是个鳏夫。我听说他在那儿开始为 IRA 训练小伙子，在尝试把自制油桶炸弹滚上公路放在一车爱尔兰王室警吏团前面时把自己炸成了碎片。

你知道，这儿弄不到一副棺材，因为第一次世界大战结束整整一年了。西班牙流感被士兵们带了回来，摧毁了周围一切。所有老弱病残都感染了：婴儿和老人和所有已经染病或虚弱的人。甚至好多强壮的有生以来一天没病过的男人女人。没有抵抗力，你知道，流感击倒他们就像大风扫过巴利纳和基拉卢之间铁路桥的主梁。我清楚地记得我十七岁生日那天，和我父亲坐马车进城去，看到女王大街上一长串的棺材，尾巴那儿又排起新的一串，那些可怜的魂灵裹着毯子和床单，玫瑰经念珠从他们胸前垂下。弗雷一家在锯木厂院子里用短木板夜以继日地做棺材，神父和副牧师在死者中奔走，为他们涂油。那股恶臭，我永远不会忘记，尸体腐烂和熏香的味道。祈祷的嗡嗡声和唱颂声，悲鸣和哭泣声。

好多年以后我听一个人在电视节目里说那些都是为人类所需要的，所有那些死亡。这是大自然清除多余成分的方式，确保奖赏的方式。那是必需的，他说。这个世界少了孤独，大地少了人的血肉和骨头。主啊，可这不就是一种见解吗？人们说的这些事，他们认为他们知道这些事，他们对自己持确定态度，他们对自己的聪明才智完全满意。

我想，我很快就要死了。我将很难看到这个到处喧嚣的新千年了。大家都说当时针指向二〇〇〇年，这个世界就会乱套。机器都会停转，或是对人发作什么的。

太阳斜照

如果真是那样，我可是幸运逃脱了。想象一下，罗伯特·柯尔曼八十岁死去，许多个夏日，那个来自豪宅的漂亮男孩沿着小溪岸边漫步，那条小溪是我父亲那小小的不动产和他父亲两三千英亩地产的边界。他说着笑着穿过那低语的流水，在上山回家时总是回身向我挥手。

大小之屋

The House of the Big Small Ones

像上帝一样真实。像我面前这扎啤酒一样真实。我对大咪咪麦克格瑞恩[1]说去日你妈。直冲着她的脸说的。几年前，当时他们只有那个小酒吧和酒吧前面那个小柜台，只卖一点牛奶、面包、火腿和报纸而且少得可怜。在炫酷的大权杖出现之前，院子里的雨棚下满是油泵。那时候只有寂寞的油泵，甚至连柴油都没有。农民们每天只用柴油，而且都有自己的油罐。我只是个小鬼，十六或十七。我对自己说没错，我要早点告诉这头母牛我

---

1 原文 Busty，意为丰满的胸部。

们之间会如何发展。只要几天和几百镑，一个男人就可以在澳大利亚安顿下来。根本不需要在她那儿找工作，是我在帮她的忙。

那是一个晴朗宜人的星期天傍晚，我喉咙干的就像打磨砂纸一样。第二天是周一银行假日，米基·布莱尔斯和阿尔封瑟斯·雷利还有他们那帮家伙第二天全放假，他们都在塞斯·布莱恩家店里冲我大喊大叫，对那群奥兰治社团[1]小伙儿来说我只是个男孩，一个光头小子，我想知道我他妈到底是不是个大傻子，或者是别的什，大咪咪麦克格瑞恩站在我面前在尘土飞扬的院子里居高临下地打量着我，每辆经过的轿车和卡车都激起大片灰尘还毁了她的窗子，商店里所有东西全都覆盖着沙子。她的店是全国唯一在星期天开门的。我站在那儿，她的两个咪咪随着她的尖叫上下起伏，迷住了我。我怎么才能不让尘土飞扬呢，我问她。用水管浇，她说，她的尖叫差点把我撕成两半。往上面撒尿也行，我才不管呢！她用一根长长的手指戳我的胸膛。行啊，你要说话算数！我对自己说，我可以作为一个男人死去，也可以

---

1 奥兰治社团是新教政治团体，认为北爱尔兰应为英国的一部分。

　　　　　　　　　　　　　　　　太阳斜照

作为一个孩子活着，我转过身把她的手指挪开。大咪咪，我说——只叫她大咪咪而不是麦克格瑞恩太太直接激怒了她——我说，你继续吧。滚开，肏，你自己来。慢慢地，就那样，直冲着她的脸。我扔下手中的笤帚，慢悠悠地走着，没有回头看她就走向了对面塞斯家的店，当时那是她的主要竞争对手，走过店门的那一刻我直接喝了扎啤酒庆祝虽然我年龄还不太够，但你只要开始干得像个男人之后，你就是男人了。千真万确，我那么干了。从那以后她再也不会冲我乱叫了。不会再像她一直唾弃的那些年轻小家伙那样害怕她，为了那一丁点零花钱干上几个小时，给孩子们递过蛋筒，无所事事地站在收银台前看他们的嘴巴。千真万确。你要不相信去问米基·布莱尔斯。

　　过了没多久之后，我弄到了票，差不多要去澳大利亚跟父亲的表弟一起搞拆迁了，科默福德家的一个年轻人不是往下来到我们的小屋里，说那栋大小之屋有多渴望我进去嘛。菲洛梅娜·麦克格瑞恩后来给他家打了个电话让他捎口信因为当时我们没有自己的电话，我父亲对我说，现在干你这行的更多了，你最好到村子里去，跟麦克格瑞恩一家和好，找回你那份工作，别惦记在澳大利亚胡闹或者你有什么票了。想象一下你的伤口吧，他说，你下飞机的第一天就会像咸肉片一样嗞嗞作响，然后整个人就被鳄鱼吞下去当早餐了。后来我多少明白了这话的意义，一个人在他出生的地方得到一份好工作，这不是和运气离开你之后你才旅行到邪恶之地追寻自我一样嘛。于是我进去了，那位老丈夫就在吧台里，屋里跟往常一样黑得像夜晚，当时仍然叫作大小之屋因为在麦克格瑞恩家在北方中落又从老马吉斯·弗利那儿买下它之前，多年来所用的测量尺寸一直非常大。老马吉斯当时半死不活，没有儿子女儿照顾，老伴儿已经入土很久，他拼命地想要那几镑，好让自己住进拉卡纳维亚那边的一所好房子里，而不是死在多年来一直被称为贫民院的乡下房子里。那位老丈夫身上有只猫，他什么都没做，只是向我咕哝着，朝吧台后面通往厨房的门点点头，巴斯蒂坐在里面，监视着商店柜台、吧台和汽油泵以及丈夫。

你看，她用老派的北欧腔说，手里有支又长又粗的香烟，一个烟圈环绕在她头上。看看猫拖进来些啥。她说的是摸一嗷，这样代替猫。他们老北欧腔总是把单词拖长，分成两半。你的小别扭过去了吗，她说，就好像我真是个该死的小学生，正等着看自己挨一巴掌还是被赶出去还是双管齐下或者都不是。我什么也没说，只是站在那里，尽了最大的努力不让自己的目光自动落在她那件粉红色紧身套头衫的胸前。她想知道是不是同一只摸—嗷叼走了我的舌头我只说看，你派人来找我的，我已经打好包去澳大利亚了还有，如果你不介意的话，我现在有很多事情要做。呜—呀，她说着，假装惊讶地睁大了眼睛。好吧，我让你在今天结束前好好想想，如果你改变了主意，早上来找我。好好想一想，她说，就这样，奇怪的北欧说话方式。

　　不管怎么说我想了整整一天，第二天鸡叫就去了那儿。整个地方不都锁得严严实实吗，看不见汽车或任何东西。但当我试了试旁边的门打不开时，我推了它一下，站起来往里看，有点害怕。她穿着睡衣从里面的黑暗中走出来，睡衣下摆有一点褶边，垂到两膝之间，她把睡衣两边拉紧裹住自己，当晨光碰巧照到她时，我发现她上唇的一边又红又肿，脸上有泪痕形成的白色线条。她的鼻子因擤鼻涕而红红的。这地方有一股令人悲哀的酒味。唉，她说，继续吧，让你的眼睛看个够，跑回家去找你的爸爸妈妈告诉他们那个外来户她终于遭了报应，说着她发出了可怜的叫声，真的像一声恸哭，我现在要说的是，其实一看到她穿着丝滑的褶边睡袍，光着腿，巨大的胸脯一起一伏时，我就勃起了。就连她脸上闪光的眼泪和鼻涕都没能阻止我，我跨进门槛，上帝把我摧垮了。现在我要是对你撒个谎该多好但我没有，我把手伸出去安慰她她握住了我的手连看都没看我就把它放在自己胸部当然这对我来说不算结束，她知道接下来会发生什么，她轻柔地笑了。继续啊，她说，用那种嘶哑的喉音轻声说道，拿出一串钥匙。打开吧。我摇摇晃晃地走开了，甚至没感觉到自己的不适，那天我们俩没再说一句话。我是那么震惊，而她又为自己的麻烦那么心烦意乱。

那天以后她按日付我工资。她的各种生意我都要管。酒吧、商店、院子、固体燃料。有些天做得很长，更多时候时间挺短，但每天付的钱都一样。我承认，如果所有收入用笔或计算器加减一下，她付给我工作那几小时的钱，我承认，我一直比那些兼职小孩儿们过得好，他们像雨水一样来来去去，永远伸着手，为轮班、花名册和假期天数诸如此类争吵不休，总是把更多时间花在争论工作而不是工作本身之上。

太阳斜照

再也没见过那位丈夫。这些年来，他可能给她打电话或写信，打听她过得怎么样，但据我所知，他从未亲自回来过。不管他们为什么争吵，阵势都很大。最后他向她举起了手，这只有我知道。她待在后面直到肿胀消退，把我留在外面跟别人打交道。反正他们宁愿见到你不愿见到我，她说。你是他们当中的一员。你不会像我那样吓坏他们，她说。在那段时间，我只能勉强应付操作商店里的啤酒机，操作收银台和火腿切片机，很长很长一段时间里都是这样，人们总是伸长脖子从厨房门往里看，想知道她在哪里，到底发生了什么事，他本人在哪里，为什么法雷尔家的小伙子以杰纳斯的名义一天到晚在这儿做买卖。我往杯子里倒威士忌酒会像水一样溢出来，我不习惯用他们那些老工具，你必须随着泡沫变大停止推动，有那么一小段时间，这家酒吧又一次名副其实成为大小之屋了。有几次我清洗那台老火腿切片机时弄伤了自己，体内的鲜血弄污了它的刀片。那些晚上，等到所有东西都锁好收起来捆紧了，她总会在我伤口上抹一点石膏揉搓我的手，她穿着那件短睡衣，光着脚睁着蓝眼睛站在我面前，我身体里剩下的血液会全部涌向一处，我的脑袋会眩晕，她会牵着我裹绷带的手，穿过长长的门厅把我领到楼下她的房间，我们就像两只饿狼撕咬肥羊一样互相厮杀。

她从来没有问过我对关闭大小之屋，对失去这个珍藏我美好回忆的地方，对建那栋平房，对这个像冷藏仓库又像棵亮闪闪的圣诞树一样的新商店，对它开始被装成一家龙迪斯后来又变成一家梅斯，对雇用所有年轻小伙子有什么想法，她只问过我认不认识他们的父亲，他们是不是体面人。当她坐着怪人帕迪精心装扮的出租马车出去的时候，她从不告诉我她要去哪里，帕迪就跟个客客气气的真正绅士一样把她的皮箱放进行李厢时，那双炯炯有神的老眼上上下下地打量她。我才不会问帕迪是在哪儿把她放下，这会让他称心，但我疑心她是去城里的火车站为了去北方旅行参加家庭聚会、婚礼什么的。我母亲去世后，她从来不曾问过我我过得怎么样。但我要说一件事，她在葬礼上给我一个相当老派的紧抱，在我耳边低声说对不起，实在实在对不起，我常常怀疑，她抱歉不仅是因为我失去了母亲。

还为那些天那些月那些年里我们保持着一个相当稳定的老派节奏来来往往。

还为我们不时来临的饥渴让彼此的肉体得到的

满足。

还有即使那种感觉消失之后，我们仍然彼此亲近，彼此确信。

还有就像上帝一样千真万确，就像我坐在这里一样真实，我把生命献给了她，因为害怕有一天她会站起来离开我，除了维持她的生意和她的账目平衡，我从没教过自己任何超出她需要的东西。

就连我亲爹老了以后死到临头时都说，戈尔，你知道吗，我在想，我当时要让你去和我的表弟一起去国外工作就好了，你本来可以见见世面或者干点什么的，也许。

而我拿起他的手紧紧握住，他健康时我从未那样握过，我说不，爸爸，我在这儿很幸福。

可我再也不会幸福了，我承认。她现在离开了我，为了结束，为了永远，为了荣誉，我不会再见到她了。商店、加油站、平房和这些年积攒起来的一笔钱现在都属于北方来的某个侄子或其他什么人了，他一辈子都没踏进过这个村子他想知道我愿不愿意继续待着我能帮他照看好一切我想我不会，我会说我不。我会喝完这杯酒然后回家解下这条让我窒息了一整天的领带明天或者后天也许我会走上她要求下葬的那片高地，只有上帝才知道为什么，因为这里只有我才会在她的墓前放一朵花，或拔一根草。

我会站着祈祷，在我转身离开她之前我会说对不起，大咪咪，那一次我对你说滚开还说肏，多年前在她黑暗的厨房里，我毫无悔意地站在她面前，那时候我就应该说抱歉。

诸神的黄昏

Ragnarok

宇宙曾经是一个圆点，承载着所有可能存在的东西。

几天前，一个穿着尼龙衬衫、鞋子破烂不堪的男人来到这里。你们不可能有四百名学生，他说。在这么一所只有两个教室的学校里？一串含糊不清的词和短语从我嘴里脱口而出：短学期、强化模块、研究课程、远程学习、作业、评估、奖励。我不停地说着，不时用吸入器使劲吸口气，长篇大论中夹杂着咳嗽、喘息、遮遮掩掩和含混不清。我真难以置信。他细长的鼻子探进此处每个房间。苏拉蒙坐在教师办公桌前，正恪尽职守地面对着他隐形班级的排名。你的学生在哪儿？衣衫褴褛的家伙问他。他们不在这儿，苏拉蒙一边回答一边大模大样地指了指虚空，双手紧扣放在办公桌上。他们在哪儿？那个家伙又问。他衬衣口袋里有支笔漏墨了。我不知道，苏拉蒙回答，棕色的双眼闪闪发光地盯着那斑斑墨迹。也许你把他们吓跑了。

他坚持要我停止。所有学术活动一律停止。等待调查结果。我告诉他，我没有意识到调查已经开始。学生已接到通知。我已第一时间给他们每个人都发了一封信，寄到他们入学时登记的地址。阿加塔怒气冲冲地抱怨着，噘着嘴，令人心碎。昨天，楼下传来脚步声、砰砰声和叫喊声，越来越响，甚至还夹杂着尖叫。我把耳机插进录音机，斜靠着，听奥拉夫·艾伯格演唱《诸神的黄昏》。巨人奥拉夫。英俊的奥拉夫。在奥斯陆的一家餐馆被鱼刺噎住，窒息而亡。十位壮士将他的灵柩付之一炬。

今天早上有个高个子男人大声嚷嚷着闯进来。他有工钱要支付。有孩子要养活。他要讨回欠债。我为他感到难过。告诉他我知道他的感受。我试图安抚他，但他不停地大喊大叫，我只好双手捂耳，闭上双眼，交替发出嗡嗡的低吟和高亢的啦啦啦啦啦啦。等我再睁开眼时，只见他静静地坐在那里，双眼圆睁，目不转睛，满脸通红。我敢肯定，他曾经是名橄榄球运动员。相当英俊。向后跑的前锋。耶稣，他说着，摇了摇头，匆忙离去。在我桌上留下一些文件。我还没碰。我责怪阿加塔不该让他进来。对不起，她说。她那么漂亮，因此我又原谅了她。原谅你了，我告诉她。哦，好的，她说着，把冰蓝色的眼睛从我身上移开，转向天空，又转回到她的杂志上。

大约一个小时前有个苦力模样的人过来了。他滑行了一段，停了下来，横跨两个轮椅那么大的地方，我一眼就发现了他。货车车厢边印着**建筑承包商丹尼斯·奥沙利文**字样。我给阿加塔打了个电话，告诉她无论如何都不要放他进来。我不是傻瓜，她说。透过屏蔽玻璃，我看到他站在门口咆哮，猛戳蜂鸣器。最后，他好像是累了，哭丧着脸；下巴耷拉在胸前，一言不发，只是慢慢地、有节奏地摇了摇头，宽阔的双肩也随之耸了耸。离开之前，他拽掉了一辆奔驰车的挡风玻璃雨刷，肯定以为那是我的车。不知道到底是谁的。我想是隔壁那些审计员中某个家伙的吧。几周前，有两个啰里吧嗦、油腔滑调的家伙上门来要我的车，给车系上钩子和铁链，拖到他们的卡车上。奥利弗哭着躲起来，不让邻居们看见。从那以后我就一直开着她的 Micra。一个速度缓慢、构造简单的小东西。就像奥利弗。

电话里又响起一个刺耳的声音。关于我们正在建造的公寓。我们是谁？是我和我的回声。是我和我焦灼的记忆。我是七家公司的董事。那些公司的名字没法全都记住。工人在抗议，占领了工地。工会那帮傻瓜的怒火一触即发。分包商在起诉。我染指的所有馅饼都在腐败破碎。但还不能撒手。还有，关于那匹马。瘸了，或是死了。电话里是奥利弗的声音，哽咽而尖锐。还有，关于我们的女儿，或儿子，或信用额度到了，超了，或撤销了。阿加塔冲了进来，搞清了原委。她已经好几个星期没对我笑了。那儿有一束光我可以靠近：她的一个微笑。作为她每周的"开销"，我从钱包里拿出四张折叠起来的五十镑，注视着她那张漠无表情的脸递过去，她瞥了一眼，顺手把钱藏进某个幽暗而芬芳的褶子里。我渴望追随那些钱藏到那里，藏到她的山谷里。忙啊，忙，她说。是啊，我附和着，愉快地怂恿她说谎。她叹了口气走了，随手拿了一个文件夹，那叹息直扎我心。

太阳斜照

黄铁矿，就在那个时候有人说道。我不知道确切时间。大厦将倾，像维他麦公司。集体诉讼。前几天收音机里有关于这件事的报道，但自从奥利弗把天线落在洗车间后，她立体声音响里发出的就大多是静电噪音了。谢天谢地，我想，至少那次我们逃过了。现在它来了，和其他事一起在我岩洞口会合。一群眼睛血红、露着獠牙的野兽，察觉到我的衰弱，垂涎欲滴，等待着我的火焰熄灭，好进来吞噬我的血肉之躯。阿加塔会控制火焰，使它们无法靠近。直到火熄灭。我没有多少张五十了。

　　内部有阿加塔的岩洞。我披着熊皮，她光着身子。当血液被召唤来履行它最根本且最必要的职责时，大脑正在高速旋转。该吃饭了。每天早上我走时奥利弗都会递给我一些东西，辛辣、有籽的，用特百惠的保鲜盒装着。我感谢她，亲亲她冰冷的脸颊，然后把盒子里的东西全都倒进狗肚子里再驾车离开。如果奥利弗今天死了，我就把她换成现金然后跑掉。在去东方的路上我会在巴黎停留，带阿加塔看协和广场。我会在那个从东方某处运来的阳具形状符文碑旁吻她；我会求她说她爱我。那句从她双唇里说出的谎言会比任何日常真理都要甜蜜得多。

我在孟加拉国的手下仍在愉快地招募新人。如果他再给我招二十个，那就是六万，足够我的独木舟从这条小溪顺流而下。我们对你的代理人了如指掌，本周早前那个穿塑料鞋的家伙说。你的代理人是个签证推销员，他说。这是诽谤，我回答。哦，他说，是吗？我认为构成诽谤需要真相的缺席吧？他啪一声把一页 A4 外文字纸猛拍在我桌子上，抬起那丑陋可怕的一字眉，笑了。我以前从来没见过那个，我对他说；他告诉我，我没有义务说什么，所以我什么也没说，除了买双该死的新鞋吧。到那会儿他的圆珠笔已经在衬衫上弄得到处都是墨，而他仍然没有注意到。但那双鞋子最糟糕。

从房间那头文件柜的附近传来一阵响动。是阿加塔让清洁工进来了。那是多久以前了，我想。每次来的都是不同的人。一周两次，我几乎可以肯定。一个长着一张老鼠脸、一双眯缝眼的家伙以低于最后一批人百分之十五的价格优势胜出。怎么可能呢？我问他。哦，他说，有很多办法，都是合法的，比如说，可以绕过那些使生意无法进行的事情。他的气息中散发出一种腐臭。你当然了解你自己，他说。是的，是的，我用左手紧紧捂住鼻子和嘴，愉快地表示赞同。他貌似并没有注意到；双眼只是盯着我的右手，右手正在签他的小合同。

清洁工的脸上有阿兹特克人的影子。她年轻，丰满，腿粗，矮胖。不过，臀部匀称，穿着一条紧身的黑色短裙。我猜她是不是有个懒惰的丈夫，住在冷酷无情的**贫民窟**，在棚屋的背风处嚼着某种鸦片类植物的嫩芽，等着她航空邮寄的工资？这样他就可以大摇大摆趾高气扬挥金如土，在肮脏的勾当中浪费她的劳动果实。她有没有留下孩子，由其他母亲看护？她的痛苦，她棕色眼睛里的悲伤。她有着非凡的胸脯。从墙上爬上去，她说，紧张地看着我，微笑着不再说话，拿起我的废纸篓倾倒进她的垃圾袋。一种甜蜜而朴实的做作，将不同地方的方言混合在一起，一种口语的重复。

奥利弗很快就会死。她所有的女性亲属，包括她的母亲、姨妈和姐妹，都很早就受到疾病的折磨，而这种疾病似乎专门侵袭那些瘦小而神经质的妇女。她们都默默地、顺从地屈服了，把她们的男人留给了马匹、高尔夫和秘书。等她走了，我会想念她拖着脚步的样子。我那深入骨髓的冷漠侵蚀了她。我从来都不够爱她。我根本不知道自己是否爱她，或者怎么才能知道，隔了这么久。我不记得我年轻时是怎样的。我可以有另一种生活，就像这一次一样长。我得变成一个适应得了肮脏邋遢的人。一个作家，也许是一个画家，睡在一张古色古香的床上，在一个宽敞的开放式阁楼的角落里，白天在太阳下被舞动着炙热的尘埃的光线切割。一坛接一坛放在水里的画笔，颜料管和木炭，瓶瓶罐罐和调色板，涂满了疾驰的线条和涂鸦的画布，别人尽可以赋予其意义。或者是一大摞堆满潦草字迹的纸张，一大杯钢笔和嚼烂了的铅笔，或是一台古旧的安德伍德打字机，在一面阳光照耀的墙壁前，摆放在一张橡木桌子上，残破不全，污迹斑斑。

有一天，我给了一个深蓝色眼睛的男人一张支票，和他在波光粼粼的银色内海中一座心形小岛上，合住一家七星级酒店。他对我笑了笑，握了握我的手，走的时候脚步声响彻地板。一双恶魔的脚，我一边想，一边自嘲地笑，笑了又笑。那天下午和傍晚时分，阿加塔和我一起喝了香槟，在我腿上坐了一会儿。我搭出租车回了家，头重脚轻。那座小岛沉没了，岛上一切都被淹没，那些没能挣扎上岸的人都丢了性命。我再也没有见过那个蓝眼睛的男人，但有一两次我能感觉到他就在我身

太阳斜照

后，可转过身来却谁也没有。

父亲见到我总是很高兴。啊，你来了，他会说，微笑着，仿佛我们一直在一起，以某种温和、愉快的方式共度时光，只是暂时分开了一样。有一天，他身体虚弱，摔倒在大街上，被强行送到医院，在那里被检察，被扫描，并被告知他快死了。太过美好的生活了，他说。这不是很了不起吗，他说，从美好的生活中死去，而非从不幸的生活中死去？我不是幸运死了吗？他驱车直奔库纳·克罗斯，检查了事先准备好的赛斯纳飞机，加满了油，然后让那只麻雀飞向天空，用力把油门向后拉，直到卡住。还没等铆钉断裂，他就笑得昏天黑地了。我可没那个胆子。我也没胆子应付现在这些。

我不知道，已经过去多久了，阿加塔一脸厌恶地站在敞开的办公室门口？已经过去多久了，我的眼泪把来访者的文件变成了一团糨糊？已经过去多久了，站在我座位旁的清洁工把她温暖的手放在我手上，轻轻地叫我安静？

然后，宇宙会重归一个圆点，满载着曾经存在的一切的重量。

物理疗法

Physiotherapy

我捏了三次橡皮球，然后举起胳膊，让左手碰到他的右手，他从我手中接过球，轻轻握着，似乎一直面带微笑，捏三次橡皮球，每捏一次我就冲他点一下头。他用他完好的左臂绕过身体，把球从自己身上拿过去，重复这个练习，然后我用右手接球，就这样，一次又一次。理疗师给了我们一根头儿上带有网兜的长柄棍子，这样球掉落时我们可以用网兜捞回来，省得还没做完练习就已因为把自己从椅子上拖起来而累得筋疲力尽。你为什么不给我们一个不会滚动的方球呢，我对他说，我想他有点不高兴了，没好气地嘟哝了几句，关于我们手掌的骨头之类的东西。他让我想起了一个很久没见的外甥。我妹妹诺琳的儿子，一头卷发，后脑勺长，脸更长，去了伦敦或者其他地方，只是年复一年。他们中的很多人迷失在国外，自己不会回来。

我们是二十岁结的婚，皮尔斯和我。他比我大整整一个星期。我穿了件简单朴素的白色连衣裙，是母亲为我做的，他穿了套海军制服，是从他父亲的弟弟那里借来的，和他尺寸差不多。我们在奥米拉酒店里吃的结婚早餐，就我们的家人，还有我的朋友特蕾莎，是伴娘，他的朋友莫斯，是伴郎。我们去加尔威度了一个星期的蜜月，坐着一辆大众甲壳虫，是合作社经理借给我们的，他是皮尔斯父亲的朋友。皮尔斯每天每时每刻都握着我的手，甚至吃饭时也不让我离开。在我们局促的套间里，我坐在他腿上，他紧紧地拥抱我，亲吻我的嘴、脸和双眼。我们游走在狭窄的街巷，看码头上的渔夫们早上检查渔网，晚上拖起猎物，有一天，皮尔斯对着一个小伙子拽出几句爱尔兰话，那小伙子只是笑了笑，没有回答，皮尔斯笑着扎进码头边的恶臭里，脸红得像是要爆裂。

皮尔斯通过他父亲的一个朋友进入了拍卖行业，很快就赢得了一丝不苟和诚信的名声，他从来没有一丝狡诈的痕迹，人们在认识他的最初几分钟就能看出这一点。他在一次拍卖会上长高了几英寸，当时这似乎是他唯一适合的地方，仿佛他的木槌在保护他免受尴尬，仿佛他那套神秘莫测的老练咒语在他周围筑起了一道力量之墙。看上去如他一般挺拔而安静的男人们站在那儿注视着，点头示意报价，几乎不在意结果的样子。皮尔斯缓慢而清晰地向潜在的购房者指出，哪些地方需要做工作，哪些地方可以改善。他不能强行推销，不能夸大事实。最终还是闹翻了，有天晚上他回到家里，晚饭后比平时坐得久些，儿子关切地看着他，他原谅了自己，去找他的球棒和球，很长时间后他告诉我，他不会再回到伍德利和伍德利，因为他们在搞暗箱交易，他不能成为他们的一部分。他开始买破败不堪的旧房子，把它们修缮一新，然后以一个合理的价格卖掉，赚了不少钱，他似乎对自己的工作很满意，但这再也没有能使他像以前在拍卖台前那样高大，扫视全场，发号施令，手持木槌。

　　我不知道他整天都在想些什么。我想我应该知道，或者也能知道，如果我曾经算得上是个妻子的话。安静总是很适合他。现在他的沉默已经无关紧要了，因为那是病魔强加于他的。我想了很多，关于那天，他从后廊门偷偷溜进屋子，手里拿着送给我的礼物——一条金项链，上面镶着一颗心，心的中间镶着一颗钻石，而我正和詹姆斯一起坐在餐厅桌子旁，詹姆斯的手放在我手上，紧紧抓着我的手指，关节都发白了。即使是个傻瓜也能知道发生着什么，已经发生了什么，本来即将发生什么。而他只是用沉默来惩罚我。他径直从前门出去，沿着大街走到他的车前——他之前把车停在离房子很远的地方，让我听不见他进来的声音，好给我一个惊喜，从北方之旅中提前回来，项链用盒子装好，深鞠一躬，双手奉上，就像一件被献祭队伍抬上祭坛的祭品，当我从他抛掷的地方把东西捡回来时，玫瑰刺扎破了我手上的皮肤，泪水中的盐在小小的伤口上灼烧。

那天我和詹姆斯结束了，从那以后再也没有和别的男人搭讪过。几个星期后，皮尔斯结束了自我放逐回到我们的床上，却养成了晚上熬夜看电视、喝酒的习惯，虽然从不喝太多，但也喝得足够他睡个安稳觉，那味道会从他的气息中飘向我。他从来不为我们之间的沉默而烦恼，只有高声争吵，当我突然爆发，试图激怒他，伤害他，让他以某种方式作出反应时，我才可以说，一言以蔽之，这就是他的感受；现在我可以知道自己需要做些什么来报答他了。但最终所有的债务都会被一笔勾销，当很明显不存在任何报答的时候，也根本不可能有补偿，于是一切都将重归于零。

儿子死后，皮尔斯又开始每天握着我的手。似乎是为了不让自己发抖，他抓住我，握住我的双手，紧闭双眼，露出牙齿，一任呼吸如无声的尖叫在他体内奔涌起伏。他帮他买了去澳大利亚的机票；他甚至联系了那里的一些熟人，为他在建筑工地上安排几个星期或数月的工作，他开车送他到机场，在登机口笨拙却紧紧地拥抱他，没有松开的迹象，直到斯蒂芬轻轻地笑着往后缩回身。回家的路上他问我要不要停下来吃点东西，我说好，我们在利默里克停了下来，在一家昏暗的餐厅，一张角落里的桌子，他坐在一盘未曾动过的食物前，对我说，基督，莫德，我想我犯了个可怕的错误。就那样让他走了。我本该说服他留在这儿和我一起工作的。那以后还不到三个星期，有天凌晨，电话响了，他拉着我的手，我们从卧室走到走廊，一个来自地球另一端的声音告诉我们，我们的斯蒂芬已经走了，脚手架在他脚下坍塌，他死了。

有那么一段日子，似乎仅有这三件事是真正发生过的。我结婚了，我恋爱了，儿子死了。现在假如有人，某些研究人类心智运作方式的专家，对我冷眼旁观，观察我继续前行的路，会说我当时患上了某种抑郁症、紊乱症或诸如此类的无稽之谈。但詹姆斯微笑着悄悄进入我的生活，看到他，他出现在房间里，空气变得凝重，头脑变得迟钝，而心跳在加速。直到今天，我仍然不能完全理解自己身上到底发生了什么，出了什么问题，或者他对我施了什么咒语，自己竟差点儿被这愚蠢和炽热给淹死。那些日子的喧嚣，燃烧的喜悦，狂野奔放。他是一个年轻的鳏夫；妻子在分娩时大出血，女儿在悲伤中降生，他语调柔和地向我诉说着这一切，还告诉我他是多么喜欢和我说话，他是多么喜欢凝视我的双眼，他是多么的爱我。他亲吻了我，我丧失了理智。当教堂屋顶修好，我们共同主持的筹款委员会解散后，他来到我们家，坐在餐厅，紧紧抓住这只手，都把我弄疼了，求我和他一起走，带着他十几岁的女儿去英国，并带上小斯蒂芬，我差点答应了，直到皮尔斯带来的一阵清风吹过——竭力想给我一个惊喜的皮尔斯，我转过头，看到他在那儿，就在门口，颤抖的手掌上托着给我的礼物。

现在我们的球已经玩得很好了。用力捏，从左手传到右手，传给同伴，等待把它接回来，已经形成了一种轻松的节奏。我们的膝盖都快碰到了，我能感觉到他的温暖。一种奇怪而幸运的对称，他是左侧中风了，而我是右侧，他跟我相距不到六个月。轻微的中风，医生们说。很可能会更厉害。地震前的波动。球从他手中掉落，他懊恼地咬牙切齿。他看着我，伸出手臂。他抓住我的手，轻轻地拉，我用尽最后一丝力气似逃生般越过我们中间的空隙转过身坐在他腿上。项链向外摆动，小小的心画出一道弧线，又稳稳地落在我胸前。我的七十七岁和二十岁，孩子已经死了和他尚未出生，周围的空气又一次变得凝重，在这间休息室里，在这个蜜月套房里，我的心跳变慢了，而大脑在加速，那双臂膀紧紧地搂着我，他的气息和泪水挂在我的脸上，那个我曾向上帝发誓要爱要敬一辈子的人。

长长一击

Long Puck

我在这里的第一个星期三，长胡子、黑眼睛的东正教牧师大步流星走进来。他拥抱我，吻了吻我的脸颊，他穿着一件长袍，而我身着一件罩衫，他叫我兄弟。初来乍到，对流行的风俗还没有掌握，我只是站在那里对他微笑，他对我回以微笑，双手搭在我肩上说，我们将成为朋友。他大步流星往回走，穿过尘土飞扬的宽阔街道，走回他自己那座小小的石砌教堂。这里很安静，我最年长的教区居民告诉我。曾经发生过一件事，一件可怕的事，但那是一种热血沸腾，一件突然的、愚蠢的事，小伙子们……他的声音渐渐低了下来，不再提起它，我也没再去多想他的暗示，每天在我凉爽的教堂里工作，欢迎所有进来的人。

一天，有个二十来岁的本地男孩来到这里，说他的名字叫哈利姆，问我知不知道一个叫蒂珀雷里的地方。我就是从那儿来的，我告诉他。他笑了起来，眼里闪烁着光芒。他的表弟住在那里。这地方怎么样？他问道。我向他讲述了那绿色的田野、低矮的山丘、森林、山谷、村庄、城镇，以及人们急促而又拖泥带水的交谈。他们一定喜欢吃薯条，他说。我表弟是个有钱人。他开奔驰。他在夏天的冰壶比赛上卖薯片。曲棍球，我纠正他。我给新朋友看我的球棍和球，然后对着柱廊的墙击打球。他睁大了眼睛。我打电话回家再要一根球棍。结果还送来了一批祭服和葡萄酒。他会在凉爽的傍晚跑到教堂说，来上几个球，神父？每次听到这些话，我都笑了，他也跟我一起笑，我们在街上来来回回地击打我们的球。

这成了镇上的一件事儿，给阳光普照的单调乏味中增加了插曲。球棍、球和牧师。裁纸机、柴纸机、冰球、粗棍球、曲棍球、纵声大笑。在一个静谧的日子里，一位阿訇慢悠悠地踱到我们的住所，静静地看了一会儿，然后微笑着问我他能不能试试。他把球扔出去，疯狂地荡来荡去，没打中，我年轻的朋友哈利姆笑了起来，但很快就控制住了自己。他温和地讲解着，对这位老人非常尊敬，我从他的手势中看出，他在教他把球向外扔得离自己再稍微高一点儿，远一点儿，要他一直盯着球，把左手放低一些。阿訇第三次尝试时，动作干净利落地连成一体，于是满意地笑了。他举起手，微微鞠了一躬，走回他的清真寺。

高声喊叫的一群看热闹的人组成了一队。我们开始在每天晚上的同一时间打一会儿球，在他们的祷告和我们的祈祷结束之后。球棍从一只手传到另一只手；有些人很快就掌握了窍门，更多的人摇摇摆摆，对付不来，很难连贯起来。当皮革不偏不倚落下，清除灰尘，我的球飞向天空时，一阵轰鸣响起，扬起了飞旋的尘土，那是男人和孩子们争先恐后去接落下来的皮球。一天，有个男人带来了棒球接球手的手套，其他人发出了嘘声。他不好意思地把它递给我，假装那是送给我的礼物。

我给家里打了电话，希望多送来些球棍，越多越好。某一天，车站送来一张便条，说有一单快递在那儿等着我去取。我的副牧师，一个来自克莱尔的文静小个子，面带一丝微笑把信递给我。我们穿过市场，经过了商业区和老商厦，沿着橄榄树种植园两侧的开放铁路，一直走到用土石铺得很宽的街道上，那儿就是火车站。我们抬了十二根曲棍球棍回家。我那文静的副牧师满身是灰，汗流浃背。他嘟嘟囔囔，气呼呼的，低声咕哝着我和我那该死的曲棍球棍。但当我们把货物放进圣器室时，他呼出了大大一口气，我看见他脸上露出疲倦而又满足的微笑，后来我还听见他在为那堆球棍和所有愿意玩它们的人祝福，他没有看见我站在祭坛门口。

　　第一次长曲棍球比赛是在产生这个念头的当天举行的。落在地上的球在尘土中留下了记号，每个人都坚守自己的位置。关于谁是谁的争论眼看就要以糟糕的结局告终，直到东正教小伙子主动提出担任裁判。一个叫艾哈迈德的投手他朋友的表弟从市政当局借来了一台手摇里程表，用它测量出了一百码的距离。定标器是从一百码线向后或向上测量的。啊，伙计们，来声狼嚎吧，如果发生了纷争，我会用夸张的爱尔兰口音大喊一声，他们也会呼应我，大笑着。啊，伙计们，来声狼嚎吧！沿着太阳炙烤的街道直到市场，响彻着。我干得很好，干净利落。距离前一个领队至少有十五码远。市场上荡漾起阵阵掌声，犹如一把鹅卵石落到了水中。接着哈利姆走上前来，冲我笑了笑，然后把球击向天空。落下来时上面会有雪的，是吧，神父？我们大笑着，东正教牧师大喊，平局！这是平局！我朋友哈利姆的支持者表示抗议，眯着眼睛用手指和脚测量，然后宣布哈利姆为冠军，比赛将是一场胜利。每人最后一击分出当天胜负的决定迎来的先是全场鸦雀无声，接着，哈—利姆，哈—利姆，是有节奏地齐唱，速度和音量随朋友的动作同步提高，只见我的朋友踩着我们在尘土中画的线打出一道整齐有力的弧线，球飞快地穿过寂静而沉重的空气，低声嗡嗡作响。该我击球前，我握了握哈利姆的手，他对我点头微笑，我的副牧师突然打破了沉默，大吼一声加油，安东尼神父，给它一棍，猛击！但是，我的球没有达到刚才在街上的灰尘中被刮掉的目标，于是哈利姆被举到肩膀那么高，像个英雄般被抬走了。

　　哈利姆会说，告诉我在蒂珀雷里说的话。从我表弟那里买薯条的人的话。

　　喂，先生，你还好吗？

　　嗯，薅，我只是在拖延时日。

　　幸运的一天，感谢上帝。

但愿如齿。

请来一份蒜味薯条和奶酪，两根炸香肠，我吃得下撕头，我饿坏了。

别麻烦了，小子，马上给我。

我就这样不停地往哈利姆的脑袋里填满爱尔兰人的话。那个诡异的晚上，在我们击球前，他会用一部砖头手机给他表弟打电话。嘿，你这位先生，你是些石头，我是帕迪，从那边过来，你能帮我拿个外卖，等我来收吗？我愿意吃低飞鸭子的屁股，所以我愿意。我要……他笑个不停，一直笑到喘不过气来，他表弟在遥远的蒂珀雷里发出的笑声能响彻整部古老的诺基亚手机，哈利姆宣布，有一天他会看到这个地方，蒂珀雷里，听到这些真正在现实中说的话，看到这些强大的投掷手。他会和布伦丹·卡明斯握手，整个蒂珀雷里地区击球最远的球员。整个爱尔兰？是的。全世界？也许，很可能。

我的主教坐着一辆富丽堂皇的老奔驰从首都来了，司机在方向盘上弓着身子弯成半圆形。他疲惫不堪，无精打采，不苟言笑。我们举行了庆祝会，共进晚餐，并邀请了城里杰出的天主教徒，还特地赠送了他礼物，进口干邑白兰地、本地葡萄酒和橄榄油。第二天，当那个月牙形的男人坐在空转的汽车的方向盘旁等着把他送回宫殿时，他冷冷地把戒指递给那男人说，游戏到此为止。然后就走了。

我给纽波特的吉米·瑞安写了封信，请他做一根球棍，给一个身高五英尺十一英寸的小伙子，底部做工要好，不要像适合守门员的尺寸那么大，而且要轻型手柄。我问他能否给装个蒂珀雷利产的蓝色和金色相间的把手，然后寄到尼纳的约翰·戴利兄弟，我想请他们用艺术字沿着球棍的长度写一句话，用不可擦除的记号笔。每当想到自己要送给哈利姆礼物时，我就会感到一阵兴奋，礼物由纽波特的吉米·瑞安精心制作，他是一位传奇的曲棍球棍制造商。

初冬时节，那会儿乌云席卷而来。在遥远的首都发生了一连串的暴力事件，闪电般的抗议很快就平息了。民兵组织在各省形成，政府军在冲突一触即发的地区、热点地区和要塞集结。哈利姆的球棍到了镇上，同一趟车抵达的还有二十四个黑眼睛、板着脸的男人，他们手里拿着漆黑无光的枪。妇女戴上了更加严丝合缝的面罩，走路和穿着都比以前更加严格地遵守教义，没有男性亲属在她们前面一两步的情况下，绝不冒险踏出家门一步。大部分东正教徒和天主教徒都待在家里，就在他们的大门后面。橄榄种植园减产了；他们的三辆平板卡车被征用。警察无处可寻。我从来没有举起过这么完美的一根球棍。

哈利姆站在我教堂对面的街道上，面朝东，并不朝房子。他把重心从一只脚挪到另一只脚，愤怒地捋着新胡子，四处张望，除了我的方向。我朝他走过去。我没有把我的礼物从圣水洗礼池旁边它的存放处拿来交给他。他说话时视线与我呈直角。他母亲的表姐对他提出了各种各样的指控。叛教的说法悄悄地传开。他受到了一群新来者的盘问。为什么要和天主教牧师做朋友？他玩的那是些什么游戏？还有谁参与了这个用棍子在街上来回击球的团体？他们是叛军，聚集了所有男人去战斗。教法将被完全遵守，叛教者将被杀死，异端将被驱逐。走吧，我的朋友，哈利姆说。今天。太阳从他眼角的泪珠中反射出一道光芒。他走开时，我看到他一瘸一拐的，左手紧紧按着肋骨。

零星的炮弹雨落在城镇郊区，但政府军在开始时基本绕过了我们。我的副牧师说我们真的该走了。我告诉他，如果他想走就走。我宣布我的教堂是所有人的避难

太阳斜照

所。每天做弥撒，每天晚上按惯例祈祷，还按照通常的时间。祈祷结束后，我把我的球向柱廊墙壁猛掷，连续三十分钟之久，没有一次失败。政府军完全清醒过来了，意识到我们这座城镇已沦为一处据点，一张暴力的温床，一块飞地。我们接到了短暂的警告，一架武装直升机在我们上空的一次侦察飞行中遭到了暴徒的射击，这就够了。这架直升机又折回了它先前的路线，降低了高度，机头更陡地向下倾斜，仿佛它本身正在观察着，搜寻着。叛军再次向它开火，它第三次盘旋出击时差点儿丧命。两天前返回的橄榄种植园平板卡车被运到了镇广场，平板上装载的看上去古色古香的迫击炮被从柏油帆布下取了出来，嵌入坚硬的地面。三人一组的迫击炮战队集结完毕。坐标被仓促地瞄准，叛军开始对猜测中的政府军阵地展开一场目标模糊的猛烈攻击。

我的副牧师恳求我待在屋里，和他一起坐着，就在最坚固的中心拱门下，紧靠着中殿最坚固的柱子，他忧心冲冲地转着手里的念珠。让他们来吧，我吼道，使出全身肌肉所能承受的最大力气挥舞球棍，在依然干热的天气里汗流浃背。人们带着孩子和财物穿过我的教堂大门，把长椅推到一起，扯上床单，在下面安营扎寨。我什么也没问。起初政府军发动了小规模的围攻，随着时间的推移慢慢向内收紧。叛军占据了中心地带。

三天前，他们穿着破烂的战斗服走进了我们的大门，一共六个人，排成两列。哈利姆是左前卫。基督徒、穆斯林和不可知论者都在我教堂内的凉爽中得到了庇护，躲避着炮火的风暴。那个全速前进的大个子把胳膊向后一甩，抓住哈利姆球衣的前襟，把他往前拽，一直拽出人群拽到前面。哈利姆看了看眼前的地面，又朝上看了看我，看了看周围那些蜷缩着的无家可归的邻居，然后朝上方指着我们的主，颤抖的手伸出一根长长的手指。他另一只手紧握着自动步枪的木制枪托。离开这个地方，他大吼一声，那吼声的突兀和调门让我大吃一惊。我没回过神来他是在对基督说还是在对我说。离开这个地方，**神父**，他并没有看我，但却吐出了这个词。我身前和身后都站着他的同党；我被前后猛推，直到双膝发软，突然跪倒下来。一支步枪的枪托击中了我面前的地板。要是你明天还在这里，你的救世主也救不了你，一个并非哈利姆的声音说。我们十字架上的主，从我的祭坛上被人夺去，乒零乓啷在石板上摔得粉碎。他们离开的时候，我看到哈利姆在圣水洗礼池边停了下来。我看见他看到了他的礼物和上面的字，然后他转过头来看着我，脸上有一道影子，并不是阳光造成的。然后他就走了。

第二天他们又来了，这次没有对我说一句话。其中四个人背着步枪，另两个人侧过身来，把枪管指向前方，慢条斯理地挥舞着，画出威胁的弧线。我认出其中一个是我们最早的投手之一，他是哈利姆的朋友，一个乐呵呵、笑容满面的家伙，总是穿着阿森纳队的球衣，曾问过我能不能告诉他成为一名医生最好的办法。人类的光明被剥夺是何等的迅速。那四个人扫视了一遍我教堂地板上的难民，每个人都抓了一个，然后拖着他们哭泣的囚犯离开。我站在门口，我勇敢的副牧师站在我右边。他胸部中枪，子弹在他身上打出一个洞，透过那个洞，我能隐约看到远处墙上第六站的十字架，十字架下面刻着仁慈字样，接着步枪的枪托让我眼冒金星头晕目眩。

刚才，我从地板上爬起来，看到我的教堂里空无一人，被遗弃的物品七零八落散落一地。我慢慢地穿过院子走到门口，透过只能半睁着的双眼望着街上。这位东正教牧师不久前有一次吻了吻我，拥抱了我一下，还叫我兄弟，甚至当过一两次长曲棍球比赛的裁判，现在，他躺在他教堂前的小路上，身后是滚滚的黑烟，头上笼罩着一圈血的光环，睁着却什么也看不见了的双眼反射出舞动的火焰。图标在他周围摆放成一个圆圈，然后被点燃，却意外地将要成为心形。这纯属意外，我想，不管怎样。现在很难弄清楚了。可能自始至终都很难弄清楚吧。以前我只是从来不知道要真真正正地了解一件事会有多么难。

现在我在中殿安顿下来，坐在我的副牧师留下的空座位上，他仍旧躺在他摔倒的地方，透过门廊和敞开的门我看到他们回来了，而我唯一能对付他们的武器就是这根球棍，沿着它完美的柄刻着漂亮的艺术字**哈利姆·阿萨姆**，2012 年全叙利亚长曲棍球冠军。

太阳斜照

成王败寇

Losers Weepers

世界上充满了不中听的话。资不抵债。倾家荡产。友尽。昨天有人对我女儿说了那样的话，从那以后她就一直面色苍白，沉默不语。我所能做的只是说别担心，亲爱的，我的爱，不要哭。他不可能是你真正的朋友。她抽泣着点点头，试图把痛苦隐藏在她的笔记本电脑屏幕后面。

橙色的弧钠灯下，有一个影子在外面缓缓移动。在死胡同里来回逡巡。一个丢了订婚戒指的邻居。戒指值七千美元。我知道，因为早先帮她找的时候，她绝望地小声告诉了我。哦，上帝，我明白，只是个戒指罢了，她不停地说，只是一个**戒指**。她丈夫在加拿大工作。

友尽。它甚至算不上一个规则的动词，而只是一个尴尬的词语搭配，用来表示对一个从未真正存在过的事物的抹除。安布尔看着我，红着眼圈向我讲述这些，又回到了童年。我想跑到那个友尽者的住所，踢开他的门，让他那可怜的十几岁身体里的生命窒息。但是我所能做的只是说别担心，亲爱的，请不要哭。

我的邻居一时说不出话来。她措辞谨慎。不想在我这个陌生人面前哭，她住在离我不到三十码的地方至少有四年了。我的……订婚……戒指。我一直想把它弄小一些。我一直在走，推着婴儿车在死胡同里来来回回。想把我的小家伙哄睡着。他纯粹是个小怪物，就是这样。肯定只是……不小心掉下来了。我从来不会不戴戒指出门。有那么一两秒，她伸出一只纤长的玉手捂住嘴，紧紧地闭上双眼，仓促地竖起一座脆弱的壁垒好挡住那奔涌而出的一串泪珠。怎么可能找不到呢？怎么会不在这里呢？我怎么没感觉到戒指滑落呢？她满含责备地看着一个毫不知情、正慢慢开车回家的邻居。我从没在这附近见过这么多**该死的车**，她说着，突然大吃一惊。哦，不，我只是说……你知道的。我知道，我边说边冲她笑了笑，目光又迅速回到地面。

九年前，我的店开张那天，无意中听到母亲和姨妈在聊天。怎么可能没一个脑子活络的？她们之间没有一点隔阂，上帝保佑我们。一家**相机**店，我**问**你。一丝困难都能将它吹飞。苏珊姨妈叹了口气，摇摇头，深深地吸了一口烟，饱含同情与悲伤。

我们的目光在人行道和柏油路面上搜寻。我们的手指在片片沙砾和卵石中筛选。我们不顾被路边丛蓟扎伤的刺痛。我们作着仔细的勘察。我们就像《犯罪现场调查：迈阿密》里的人群，有人开玩笑说，我们都很熟悉那位老人的脸，但却没人能叫出他的名字。帕迪。他惊讶于我们不知道他的名字。当然，我们在这里已经度过了一年又一年，玛丽和我。哦，上帝，是的。一开始这里只有我们的房子。当然，不久前这里还是乡下。你们这些人都只是暴发户。他满面笑容地环顾每个人，很高兴自己把所有的话都说出来了，我们则尴尬地报以微笑。我们本该很了解他。

在我的店开张那天，母亲把她杯中的香槟酒喝完了，她举着细长的香槟杯，眯着眼做了个鬼脸。万能的主啊，这东西酸得像胆汁。便宜货，也就是说。这时，苏珊转过身来，母亲的眼珠厌恶地转向了天空。他们说最好的东西总是最苦的，埃尔西。母亲的双眼又眯了起来，两个鼻孔都张大了。好吧，如果你是这样一位专家，那就去再拿两杯来，直到我把自己麻醉了。我悄悄地后退了几步，离她远远的，在闪闪发光的新员工盥洗室里冰冷的寂静中坐了一会儿，带着双眼背后长久以来熟悉的刺痛感。

到了三点，已经来了九名搜寻者。邻居们突然变得团结起来。从友好地询问什么东西丢了开始，表示同情地闲聊，提供帮助和茶点，古老的失物奇迹般出现的趣闻轶事：手表、钱包、盒式吊坠、二十镑的纸币；一辈子都被放错地方的东西，最终都回来了。没有人会过多地关注那些他们再也见不到的东西，比如路边那一道道阴暗的铁格栅排水沟，或者一只只在树篱和草地上巡逻的喜鹊。

主啊，这主意真棒！父亲算是承认了。我们的商店没有库存。他几乎每个星期都至少打一次电话来，并对我的客户报以微笑。他常常徒劳地寻找共同点。橄榄球、赛马、足球。他会对我眨眼。我当然会把雪卖给爱斯基摩人，儿子。他会站在柜台后面提出建议。哦，这个偏转线圈很正确。这个选择很棒。我自己家里也有一个。拿个盒子装怎么样？给，我把它放进去。他会叫米哈伊尔来完成交易，简明地指示他任意给个折扣。米哈伊尔会向我抱怨。你知道的，他有一半时间都在瞎扯。他说他懂摄影，其实他并不懂。他把利润当作免费的东西给了别人。**免费**！啊爸爸，我会开玩笑地说，从柜台后面钻出来。你惹恼米哈伊尔了。爸爸会嗤之以鼻，阴沉地看着米哈伊尔。看着那个家伙，儿子，我告诉你。他们这些小子通常只会为自己而战。别担心，爸爸，我会说。来吧，我们去雅间小聚一下。米哈伊尔会来，他们会和好如初，爸爸会叫他米奇，对他说他是个好孩子，然后轻轻地拍他的胳膊。

安布尔也加入了搜寻。友尽事件被搁置了一段时间。现在，帕迪想知道这个可爱的女孩是谁。我不知道我们有一个……你们叫什么……隔壁的**超模**！安布尔笑了，帕迪大声笑着，把他的玩笑话重复了好几遍。上帝啊，是的。一个超级名模，太棒了。帕迪既慈祥又和蔼可亲，对一个十六岁孩子说这样的话却不显得失当。邻居们边找边笑，安布尔红着脸笑了，盯着地面。

我自以为很坚强。我以为我铁石心肠，见多识广，精明能干。我给一家酒店提供了价值三万三千美元的录像机和高保真音响设备。我暗自笑着把一张诙谐的纸条塞进装着发票的信封里。致史蒂夫，他们的财务总监。音响师，史蒂夫。这个订单是我们的救命稻草。为了看起来随意，我说了七八句恭维话。必须字迹清楚但稍带潦草；专业但又显得即兴，就像我每天都开这么大额的发票。我为这张发票感到格外骄傲。我考虑留一份复本磁化后贴在冰箱上，以备下次父母来电话时用。我写了一些关于高尔夫和饮料的东西，天知道还有什么。我愉快地花了很长时间思考如何把签名签得最好。你的。致意。最好的。我决定写上再次感谢。我考虑了一会儿顺便在里面放点好处费。一张平整对折的五十镑现钞，祝你好运。然后认定这样做会很糟糕。最好请他吃午饭或晚饭，喝酒。我在想，该如何把柳条篮子装满，作为圣诞礼盒，送给我的优质新客户。我的新朋友。我想到了网络的力量。

帕迪成了搜寻工作的头儿。伙计们，我们就这样到处乱转，什么也没干。得把这条路分成几段。现在，亲爱的迪尔德丽，再跟我们说一遍你千真万确记得的走过的地方吧。是的，是的，好吧，听着，我会给每个人分配一个片区，在戒指找到之前，任何人都不能离开他负责的区域。一切开到入口处的车辆我们都会叫他们停车步行。现在，还有一件事，我们要检查自戒指丢失以来所有经过的汽车的轮胎胎面纹路。几乎每个人都不假思索地服从了，很高兴有人来负责。一个十几岁的男孩溜走了，带着遗憾的眼神回头看了看安布尔。

发票寄出去一个月后，我站在商店门口，有点紧张，面带微笑地看着邮递员和他的自行车沿着街道前行。他骑车经过时，除了一声问候和一阵凉风，什么也没留给我。我不担心。没有人准时付款。是的，明白，只是我有那么点强迫症。接下来那个月底我寄出了第二张发票。十天。一张稍微不那么轻松的便条。一个废纸篓，装满了皱巴巴写着恭维话的纸条。又过去了一个星期，我才从收音机里听到工会代表的讲话。员工们震惊了。没有预警。没有通知。门都锁上了。婚礼订金得以书面形式索取。债权人会议在一家盖尔人运动协会的会所里举行，会所位于凯里郡南部一个狭长半岛的尽头，那里风很大。真是一记货真价实的重击。真的难熬。我迷路了，错过了会议的大部分。史蒂夫没有出席。当我驱车驶出坑坑洼洼的停车场时，仪表盘显示燃油可行驶距离：二十三英里。离家将近六十英里。我把车停在路边，发现座位下面有七镑四十便士的零钱，不由松了口气，差点儿哭了。在加油站数钱的时候，我的双手在颤抖。

邻居迪尔德丽请婆婆照看她五岁和六个月大的两个孩子。老太太整晚大部分时间都站在前门查看情况。每当我朝她看去，她总是微笑着点头以示感谢。儿子远在半个地球之外，孙子被她环抱在臂弯里以此抵御夜晚的寒意。她被悲伤、忧虑和慈爱压得喘不过气。我跪下来，仔细查看一辆汽车下方的地面——已经检查过十几次了，然后呻吟着直起身。她招呼我到她所站的门口去。你得小心你的背。说着向前倾了倾，孩子几乎举到了她的脸颊上，然后诡秘地低声说：我想，已经消失不见了。可怜的迪尔德丽，现在找不到了。肯定有人把它拿走了。你们可以撤了，离开寒冷的室外回房间去。你得小心你的背。

几个小时前，我站在父亲的花园里，在一根开满了粉白色花朵的树枝下。怎么样，儿子？很好。你还在继续吗？是的。很好，真棒。他微笑着叹了口气，伸出一只手撑在那疙疙瘩瘩的树干上稳住自己。天空骤然一片漆黑，乌鸦成群。爸？你没事吧？我很好。他们就在那里，看。要回家了。每天晚上同一时间。上帝保佑，他们难道不是幻影吗？我牛仔裤口袋里的戒指一定是稳坐在一条动脉上了；我能感觉到脉搏在下面跳动。

只是个戒指罢了。购物中心里有个摊位，在一块金色的欧式硬纸板招牌下面，由一个面带微笑的年轻人值守，他领带上打了个像拳头一样的结。我会等一切都安静下来的时候进去，也许是在清晨，他会把戒指换成一小堆现金。这样我们就可以用上几个月的煤气、电力和食品杂货了。

影子仍然在外面移动。《为圣安东尼祈祷》乘着一阵清风穿过我敞开的窗户。世界上充满了不中听的话。

格蕾丝

Grace

今天早上有两个男孩坐在公共汽车的中央。只有他们对面和前面的座位还空着。同路人默不作声齐心协力地把他们隔离开了。靠外的那个男孩面色苍白，剃光了头。腿伸到过道上，挡住了去路。我走过去时，他没有动，只是盯着我，微笑着。笑容显得变态又虚张声势，让我想起了那些在镇上相互追逐的狗，有时狼狈为奸，有时互相嘶咬。他的裤子上有条纹，我仔细一看，发现原来全是小小的影子女人，背靠背坐着，沿着他的腿排成一排。看到它们，我不禁莞尔，直至看到裤腿裤脚都塞在白袜子里，更是笑出了声。他那向外叉开的脚上穿着肮脏的运动鞋。肏，他带着质问的口气说，侧身转向他的朋友，假装惊奇地睁大双眼。肏？当时我就知道这些孩子将试图用某种方式伤害我，车上其他人也会允许他们这样做，而且我还纳闷给别人带来悲伤怎么会有乐趣，一个健康的年轻人身处这样一个土地肥沃的国家怎么会选择把他宝贵的精力花在这样一种卑鄙的消遣之上。

　　和我一起工作的一位女士总是说害怕她的生活。第一次听到她这么说时我笑了。害怕她的生活？你应该更害怕你的死亡啊，我说，还以为她会笑呢。但她既没有一丝微笑，也没有表现出任何听见了我的话的迹象，而是继续用鸡毛掸子到处掸灰尘，解释说她害怕她的生活，她工作时会被抓到。她不应该工作，我也不应该。为了向政府要钱，她声称自己一无所有。在等待处理我的避难申请时，我声称在收容中心待了一整天，那是一座灰色的四层中空楼房，但事实上我不能一个人待在那里。我愿意白干这个活儿，只是为了离开那个地方，忙里忙外，不得消停。我害怕我的生活，格蕾丝；她对我说，我害怕我命中注定的生活。我暗自笑着告诉她不要担心，不要担心，我们继续在黑暗中努力工作。

我父亲在村里取得的胜利很特殊。隔了这么久，我记不起它的正确名称了。那是一位牧师告诉我的，在我向全班同学解释了我们一家是如何离开我出生的村庄之后，他去镇上参观了我们的学校。姐姐责备我怎么这么蠢，这么口无遮拦。好像我们的故事是某种形式的流通物。被那位白发苍苍的牧师用来评价父亲的胜利的字眼，意思是在战斗中失去的比在胜利中得到的多。但愿我能记住那个词。

父亲拒绝用我们的收成向长辈们进贡。让他们自力更生吧，他喊道，邻居们啧啧叹息，但大多保持沉默。没有人来施以援手拯救我们的庄稼。我们辛勤劳作，然而雨季来了，把我们的财富洗劫一空。父亲对着大雨如注的天空怒吼，母亲则默默站在他身后，绞着双手。长辈们下令要求避开我们。当我们起程前往金沙萨时，父亲是那么的高大，那么的高贵和坚定，带领我们穿过了村子中心。没有人敢阻拦他，或是当面嘲笑他。长辈们的目光跟随着他；哀悼他们被淹没的贡品。

我在学校讲了这个故事之后不久，父亲就把我从他心里印有子女名字的那一页划掉了。我的第十四个冬天是在母亲堂弟的房子里度过的，那是一间用铁皮和废弃木料搭建的棚屋。父亲把我留在那里，并嘱咐他让我继续上教会学校。父亲一找到工作就会把我的生活费交给母亲的堂弟。父母走时，我的兄弟姐妹们闷闷不乐地在他们身后一字排开，母亲的堂弟笑了。有一次，一位圣徒来到家里，规劝我母亲的堂弟。他未婚，和一个并非亲生的孩子住在一起。各种版本的故事开始流传。人们不会容忍的。前来拜访的那些男人都是些谁？他们晚上在一个集市商贩的屋子里做什么生意？圣徒急促地低语着，而母亲的堂弟则默默抽着烟，视线越过圣徒的肩膀飘向远方。时不时地，为了强调某一点或另一点，圣徒会从他所站立的狭窄门廊上向我们屋子里阳光照不到的地方东指指西指指，而我正坐在那个他看不见的地方，一边凝望，一边紧张地听着。当母亲堂弟的香烟就要烧到烟头的时候，他突然从沉默中爆发，双手捏住圣徒的喉咙，咆哮着说他的事和别人无关，只和他自己有关，如果圣徒再来找他，等着被杀吧。

白昼和黑夜交织在一起。父亲没有回来给母亲的堂弟送我的生活费。但他不在乎；我的客人们出手很阔绰。在这乱麻般的时光中，我想是快到春天，有个警察来到门前。卡车在路上挂了空挡，等待着。母亲的堂弟慢慢站起身来，惊恐地睁大双眼。他压低嗓音厉声叫我待在珠帘后面。警察身上挂了把步枪；他把枪举过身前，从枪口到枪尾全然掠过胸口，仿佛要让我母亲的堂弟见识一下它的体积和重量，又像在暗示它可能对他的肌体和骨骼所造成损害。我的心中燃起希望。透过珠子，我看到警察说话语气平淡，步枪始终放在他抬起的手上，并微微向外举着，就像男人在教堂里捧着婴儿祈福。但当他把步枪挂在我小房间后墙上的钉子上，转身冲我微笑时，我的心又紧缩起来，那熟悉的饥渴点燃了他的双眼。我听到了母亲堂弟低沉的笑声，其中透着一种解脱，一种愉快的惊奇，还有他打开钱箱时金属与金属的摩擦声。

　　我一直待在那所房子里，直到有一天，母亲的堂弟站在屋外的街道上，浑身冒火。一个轮胎套着他的头，安放在他宽阔的双肩上，然后被浇上汽油点燃了。他的双手被高高地绑在身后。他飞快地转了几小圈。他的呼喊声尖锐而刺耳；让我难过。邻居们和狗都一动不动地站在那里看。有些人咧嘴笑了；还有一些人把沙土踢蹬起来化作阵阵烟尘，看着地面或天空。火舌舔着母亲堂弟的脸，熔化了他的双眼。他跪在地上死了，身体瘫倒在一边，瘦骨嶙峋的脸和橡胶烧完后留下的乌青色金属丝融为一体。狗嗅了嗅他，热气又逼得它们退后。它们稳稳地坐下，流着口水，等待。

我独自一人走出镇子。还会发生什么比这更糟的吗？也许我希望自己会被杀。我朝南走，远离人群。搭上了一辆平板卡车。光荣，光荣，木制的一面用白色的字迹写着。字旁边粗粗地画了一只鸽子。在一座小镇边上，我从平板车上跳了下来，小镇上空乌云密布，遮住了太阳。司机指着一扇斑驳的窗户，旁边有一扇门，半开着，通向一个阴暗的房间。一个身材高大的女人坐在桌子后面。我一看见她就笑了；看起来那张桌子就像她的肚子向外长出来的一部分。她冷冷地打量着我，朝一张空椅子点了点头。四年来，我每天早上都要向这位胖女士报告，然后被告知该去哪里上班。有几天我在一家工厂工作，那里为孩子和低能儿制作的塑料玩具用的是肮脏难闻的黏胶，通过巨大的机器挤压出来的，机器的零部件可以一次次重新排列，组合出上百万种形状。我的双手灵巧纤细；我能毫不费力地沿着一条红灯指示的路线移动模板边缘。其他日子我在别人的家里工作，打扫卫生，照顾白人婴儿，他们的母亲在购物或打电话。

太阳斜照

晚上，我睡在一张很窄的床上，在一间狭长的集体宿舍里，其他姑娘和妇女们像从胖女士办公室背后长出的枝干一样伸展开来。我经常梦见我的家人和村庄，也知道自己再也见不到他们了。我梦见父亲那被淹死的庄稼，被流血的天空在大地上冲刷干净。

一天早晨，我起身就跑，横跨世界。第一次感觉到爱尔兰就在脚下，我如释重负，又累又冷。我尝到了风中的盐味。老板开着一辆白色面包车来到收容中心。他坐在车里，开着发动机，望向大门。每当有人从门口走过，他说，英语？你会说英语吗？有些人同意每天晚上和他一起坐货车去打扫办公室和厂房。他慢条斯理地说：永远不会有人问你，但如果有人问起，就说你是欧盟公民。表现出被冒犯的样子。如果要求你提供证明，你可以说：你自己随身携带你的公民身份证明吗？这他妈的能骗过他们！然后说去他的，只说你是个体经营者。好吧？承包商，你们都是承包商。

一个夏日的傍晚，他带我来到一栋房子前，房子在一条狭窄的街道上，街道尽头有一座小小的石砌教堂和一片墓地。你觉得这个怎么样，格蕾丝？我们在房子门口。把你的诀窍留在那儿吧，格蕾丝，今晚你不用打扫这里。我只是想让你看看。让我看什么？这座房子，当然，他说着，笑了，看着我。他的眼神让我想起了小镇上那些等待我母亲堂弟身体冷却的狗。你愿意有一天住在这座房子里吗？他用手向四周做了个手势，一个夸张的弧形。他把元音拖长，就像一个大脑受损的人。他想让我相信他是愚蠢的，没有恶意的。屋后是一个花园，一条窄窄的两边种满鲜花的小道将花园与屋前连接起来。阳光洒在草地上，白色的小花在阳光下起舞。深色的常青树守卫着后墙。有那么愚蠢的几秒，我想象自己坐在那里，没有人看见，内心宁静。他又做了个手势，手从胸前向外扫荡，像个马戏团的指挥。我想到了撒旦，他把基督的目光吸引到他们脚下光芒闪耀的世界里，许诺要订立契约。我会住在那里，他也会有一把钥匙。不再会有宁静。

我雇主的妻子昨天去世了。现在，我看见他站在超市柜台旁。臂弯里抱着一盒瓶子。我在这儿买水果和面包，一边哼着歌，一边沿着过道慢慢走。他正对着一位衣冠楚楚的女士微笑，女士用双手握住他伸出的那只手。上帝保佑她，上帝保佑她，女士一直在说。如果有什么能帮你的，什么都可以。

她病了很长一段时间。他经常站在那里谈论她，看着我在空荡荡的办公室里忙活。他有一个新的拖把头要发给我，或是一瓶喷雾剂或漂白剂，这都是借口。太辛苦了，的确太辛苦。她那个样子真是极其辛苦。哦，上帝啊。我的心已经疲惫不堪，格蕾丝。放松点儿，格蕾丝，休息一下。过来在车里坐一会儿。他会坐下来再次谈起那座小房子，告诉我那房子是我的，只要付很少租金，只要我有了合法身份，我们就可以尽快解决问题。那不是很迷人吗，格蕾丝？

他是发自内心地相信，我想，那是很迷人的。他会随心所欲地走来，我会对他微笑，向他投降。就像今天早上公共汽车上那些男孩以为我会向他们猛踢我座位靠背的脏鞋子投降，向他们表示不满的嘘声投降，向他们在我头顶上方倾斜、咔嚓咔嚓伴着闪光偷拍我的手机投降，向他们的尖声狂笑投降。我一动不动地站着，不让他看见。他在对着那位女士微笑；任自己的手被她双手紧握。他的双眼闪烁着光芒，那不是泪光，而是胜利之光。这是他的胜利，他以为，到他收获的时候了。他没有考虑到雨季。

退休

Retirement Do

我从一个手抖的女人那里买了盒二十支装的本森烟。她几乎没看我一眼。她的店铺很小，有股霉味，在一个空荡荡的广场的角落里，僻处一隅。这两个地方都没待多久，我敢说。本来可以在那里下手的，我想，但心里有个声音说，等等，按计划进行。从现在站的地方，我仍然能看到她开着的店门，向明亮的人行道倾泻黑暗。我头顶上方有尊石像，某位曾经英勇或伟大的人物，我正倚着他的底座休息，对面是一棵垂柳，枝条垂下来搭在一堵矮墙上。轻轻地抚过大地，在微风中静默地哀悼。懒惰啊，那些人，他们不肯削减开支。也许在等议会。一丝云彩也没有。只有仿如手指甲的晨月嵌入那片碧蓝中，毛毛糙糙的，像是被咬掉吐在那里的一样。

在最后几分钟里，有四辆车驶离主要街道，停在了广场上。车里的人都是一脸痛苦。也许他们都要去参加葬礼。他们都衣冠楚楚，但脸上都没有血色，也没有笑容。我几乎可以肯定，在山后的那条路下面有一座教堂。反正附近就有一个。我看不到尖顶，但我这儿的地势很低。在早班巴士上，坐在我过道对面的一个女人，手里拿着一本弥撒书和一串玫瑰经念珠，我们刚一下车，她就拖着脚步目标明确地往那边走了。这个小镇有股馊味，就像不新鲜的牛奶。一股暖风把它吹进了我的鼻孔。我讨厌这种气味，不知道为什么。如果胃里有东西的话，我可能会呕吐的。是本森烟味或一种吃的。没有争议。不管怎样，苦差事可以消除饥饿感。

这个小镇看起来只有一个赃物交易商。之前见过他，在车站的台阶上挠痒痒。给他一顿美味的甜肉排。甚至连全日巡逻车都没有，我得说。缩减措施。我敢打赌他也不是跑得最快的。根据车站门上贴着的一则告

太阳斜照

示，他晚上五点下班。之后就是你自己的责任了。你只能把你的烦恼讲给对讲机听，几英里外的警察会同情你的。

昨天晚上，我把这双可爱的靴子从丢弃在曲棍球场边的一个装备袋里拿了起来。落日的余晖笼罩着我。老伙计们的训练。低年级的 A 或 B，红着脸慢跑，矮球手们，彼此嘲笑。我记得多年前的好时光。有趣的是，资深的球员在太资深的时候就又会被称为初级球员。一定让人耿耿于怀吧。他们互相粘贴恶毒的标签。痛打那些厚脸皮的年轻人。不管怎样，我有他们其中一个的一双近乎全新的沙漠靴。等他气喘吁吁地回到他的包前，我已经离开了好几英里。我把我的旧衣服留给他作为安慰。

我现在仍然像被烘烤着。可以在那柳条间凉快一下。我很容易晒伤。有一次我整个脑袋都肿了起来，烧坏了，涨满了液体。一个性感的小女医生免费给我切开放脓。他们不得不这样，你知道，如果你身无分文。最重要的，这样没有坏处。如果无视我把我撵走，那就是一种伤害。我烤过的头上的臭脓渗到了她的地板上。别担心，她说着，笑了笑，敏捷地扑过去擦掉了。天啊，

退休

她真是个十里挑一的人物。然后她体贴地读给我听：黑色素瘤，润肤乳液，别碰它，帽子，我默默地点了点头，眼睛俯视着她的前胸，就像一只塑料狗趴在一个笨蛋的仪表盘上，抚慰着她。

这种类型的城镇实行自我管理。每扇窗户里都有几双眯眯眼。寡居的妇女，起得早，漫长的日子里充满了期待；家庭主妇们看着孩子们归来，倾听着自行车安全回家的吱吱声；营养充足的商人保护着他们闪闪发光的店面，人行道清扫得一干二净。城外的农场娇小可爱。在酒吧门口，两颊深陷、牙齿脱落的流浪汉们在吮吸着像针一样细的滚珠，等待着比他们差或更差的人好用宽宏大量的比较来安慰自己。我把他们认得一清二楚，就像他们也把我看得清清楚楚一样。现在我需要做的就是观察和等待，慢慢地抽我的烟，每支都抽到烟屁股，抽到烧伤的嘴唇。我想知道当我被举起来的时候还有多少人？

有只燕子向太阳飞去。飞得高，是好兆头还是坏兆头？闲聊都是预兆。我要到柳树的荫凉下去。

我已经在这儿待了半个上午，还有大半个死气沉沉的下午，有人见过，有人没见过。一支分时执勤小队慢吞吞地走过。宽阔的脸上一双狭长的眼睛，阴险地望着我。一根粗粗的脖子在灰蓝色的警服衣领上鼓凸出来。努力工作。那些参加葬礼的人很久以前就拖着脚步回到自己的汽车上，开车走了，可又让发动机启停，缓慢地滚动，加入了从山后驶来的车队的末尾。所以我是对的。灵车窗户上的花圈靠在棺材的两侧，扭曲成文字。说着：妈妈。

更多的人来了，停好车，买完东西，穿上靴子，走了；没有人对那个被柳枝半遮半掩着的人太在意。如果这种情况持续下去，我就得出其不意了。我会自己考虑的，别担心。那个老家伙把烟卖给了我。我后背下部开始疼痛，而且是热辣辣的，向上扩散。我心情变得糟糕。这条小径一整天都无人行走。我满头大汗、心烦意乱的大旅行袋无人理睬。

我在英国度过了一段美好的时光。我从来没有对社交产生过兴趣，在这里也没有。我的名字没有号码。也从不需要。不过，隐形人也不太可能在寻找养老金的时候出现。男人需要的只是能量。一旦谨慎小心了，你就像风一样自由了。有些人现在上班是用指纹打卡的。发条人。那是一次铤而走险。在赛马会上扒窃就像偷走婴儿的糖果一样易如反掌。自信技巧：那是一个手抄本，写满了我曾经信手拈来、字迹潦草的词语和图表，别人看不懂。不过，千万不要太过深入。在寂静的郊区，红砖大厦的夏日夜晚，打开窗户。我随着微风轻轻地飘进飘出。手表，手镯，项链，戒指，未经加工的丝绸织品，脆生生的钞票。我几乎没什么负担。所有的东西都很容易丢弃。我像只老鼠一样偷偷溜走。不过，我最近总是盯着摄像机看。他们很快就会开始把芯片植入人体，植入他们的肉体，从太空卫星上跟踪他们。很多老家伙已经把他们夹在脚踝上了。戴着芯片坐在那里，满脸皱纹，看他们的节目。

我很小的时候，经常和附近的一些疯子混在一起。我们会在街道旁边的马路牙子上吸烟，看着体面的人经过。其他人会窃笑，傻笑，我只是看着，然后记住。我们会到处找工作，没什么大不了的，没什么能让你被记住的。日工们回家的路上，带着一双黑暗的眼睛，疲惫不堪，饥渴难耐。其他男人用他们滴在外国土地上的汗水赚钱。浸透了那片土地，爱尔兰儿子的血和汗。除了黑色的肝脏和嘎嘎作响的胸脯，他们没有得到任何回报。他们弯着腰站在布施处的门口，用垂头丧气的眼神和装着东西的枕套乞求施舍。所有的骄傲都消失了，他们都丧失了自尊。一个个活着的鬼魂，在寻找一张临终的床和一个纸板棺材。在天堂的门柱边脱帽。筋疲力尽。

我和一个英国人住过一段时间。一个小妞。汉迪。我是在一个宾果游戏大厅认识她的。我需要一个地方躺下，让自己振作起来，而她想要一只干净的宠物。我只是说，她们中的一个总是需要有个男人在身边。身材匀称。不过，皮肤很粗糙。廉租平房，在一条死胡同里。喜欢看电视，总是发出嘘声让我闭嘴。在一个潮湿的日子里，我用拳头朝着她的嘴狠狠一戳，用力之大，使她的下巴都脱臼了。松松垮垮，真够弱鸡的，经过无数次被嘘，也让我发泄出来吧，但最终还是让我久久不能释怀。我从厨房碗柜里一个罐子内拿出她那一点珠宝和四十九镑，轻轻地走出了房间。我现在几乎记不起我在那个地方用的名字了。我仍然记得我从她身上捞了多少钱。有趣的是你记录的东西。我经常想把我脑海里用过的那些名字理顺。还是干脆忘了他们比较好？名字有什么关系呢？

我出其不意狠狠地给了她一记野蛮的耳光。之后是肿胀的指关节：愚蠢的随身行李。她正忙着抽一支超级帝王烟，一半在嘴边，她噘起了双唇拖动香烟，眼睛盯着钻孔箱，刚刚发出一声嘘。她不知道是什么击中了她。她只见过我露出躯壳一般的微笑。她呆呆地瘫倒在盖着塑料的沙发上，浑身发麻，耷拉着嘴巴，我低声对她说：现在。现在再他妈的嘘我。

我薅了这只羔羊的毛，摸了一把向她无情的乳头告别，丢掉了我的窄钩。那支超级帝王点燃的一头落在她的休闲装上阴燃出一个洞。火葬。没有留下痕迹。不过，那可不是个好办法。我不骄傲。

一帘归巢的乌鸦自西向东掠过天空。掉队的家伙扑扇着翅膀，疯狂地呱呱大叫着，浑身都是玉米。我敢打赌，就是在那片前所未见的教堂墓地里，在那里，它们将栖息在黑暗的大树上，从上到下层层生长在古老的常青树上，一个有等级的议会。世界各地的乌鸦都有同样的行为。我真希望它们能在这里俯冲下来，用它们黑色的喙啄住我瘦削的边边角角，把我带向天空。那将是一种适合那松弛的树荫的景象，一列振翅高飞的队伍将使他的夜晚黯然失色。

我期待着我的安息。在我身后是三十七年的乡间小路；重物被拖上潮湿多石的山坡；肉和骨头在冒着泡臭气熏天的石灰坑里慢慢溶解；从湿漉漉的风吹过的荒原上挖出的无数铲石质黏土。我被扭曲了。爱尔兰、英格兰、苏格兰、威尔士。法国一次。诅咒我们与健康同在，我的家人，坚贞不屈的心，对我来说离死还有很多年的时间。我的一个叔公活到了一百零三岁。摔倒在他的花园里，被他弄来的陶器给砸死了。充满活力的粉红色，直到他在世上的最后一天，就这样一起腐烂了。

一个多星期前，我抓住了一个小女孩儿。她带着两个年幼的孩子站在一处独立住宅区的入口那儿。她皮肤棕褐，举止优雅，头发又浓又黑。我觉得是互惠生。我有一辆厢式货车，侧面的推拉门敞开着，乖乖地挂着空挡，等着接她。是从卡西十字路口的人行道上弄来的，刮掉了车牌。我拖着她，她缩回了腿，使劲踢我的胫骨。突如其来的剧痛使我放松了对她的控制。比赛中的孩子们叽叽喳喳地喊叫着，笑着，慌乱地到处跑。她龇牙咧嘴地对着我摆开架势。我感到震惊，迅速撤退，在一条树木繁茂的小路上烧毁了面包车。站在那里看着它被黄色的火焰和黑色的烟雾吞噬，我决定该结束了。被一个瘦小的女孩儿打败，我的第一次失败，气恼又遗憾。我想，我会再做个一两次，然后就退休，到一个混凝土盒子里去，冬暖夏凉。三个广场和两次集合，每天一小时的放风。一个人躺着：抽烟，思考，回忆。书桌、纸、圆珠笔、书。一台我永远不会用的电视机。孤独的禁锢，这是唯一的出路。五星。

我坐了几天的巴士，绕着新老路线，懒洋洋地往西转。在一条绿树成荫的僻静道路上遇见了一个女孩，我猜是个年轻女子，正在散步。空气中弥漫着盐分，海面上吹过来刺骨的蒙蒙雨雾。我探询地看着她，她笑了，停下来看是否能帮上忙。在路上奔跑，为她丈夫留意她的身材。哦，她双眼中的光芒，她内心悸动的善良。柔软，香波气味，肥皂和汗水，金黄色。之后，我把她抱进了一条沟里，从她身上削下了一件精美的纪念品。现正在我暗淡无光的大旅行袋里腐烂。想把它扔到警察柜台上，然后就完事了。不过，综合考虑，我更喜欢等

太阳斜照

待，逐步展开。保持静止，让环境围绕着我在一个快速衰变的轨道上盘旋，直到撞击发生。然后再来点儿小刺激，我就休息。睡觉，也许写本书。一本使用说明书。事情会顺其自然的。我几乎没有把她藏起来。她现在肯定已经被发现，在公开的地方，我秘密的爱。

他终于来了，使劲儿蹬着地。执勤小队可能已经出去过夜了。讨厌的东西。我希望有人帮忙扶我坐进柔软的椅子里，往前面伸展开我的双腿。哦，多大的可能性。现在侧着身子向我走来，回头，眯起眼睛，噘起嘴唇。顺便说一下，好像，都很随意。结束他的轮班，净化他的良心。以防万一，我不能任他把我一言不发留在那儿。没有开场白。我喜欢他的风格。不浪费口舌。

你在那儿干什么？

准备我他妈的退休。

你现在自由了吗。叫什么名字？

开膛手杰克。

对吗，现在。袋子里是什么？

你自己看吧。

我用脚尖慢慢地把袋子向前移动。包穿过小路朝他移动过去。他目不转睛地盯着我，啧啧叫着弯下腰用香肠般的手指拉开了我沾上了泥巴的大旅行袋的拉链，出奇的灵巧。他在我的工具和零碎衣服中翻拣了片刻，突然停了下来，像病了似的，慢慢地抬起头来看着我，那双黄白色的牛眼凸了出来。她那只纤细的手干净利落地从手腕处劈开，从我旅行袋大张着的嘴上不小心滚落下来，手掌扑通一声落在坚硬的混凝土地面上。啊，悠着点，我对他说，并无恶意。她的独粒钻石将黄昏的光线折射成道道小小的彩虹。下面的裸金婚戒看起来凄凉而毫无光泽。

他直起身，轻轻地呻吟着，跌跌撞撞地往后退下浅浅的马路牙子，在身后疯狂地抓挠着想在空旷的空气中保持平衡。他扑通一声屁股着地了。我平静地转过一百八十度，面带微笑，站直了，一动不动，手臂亲切地背在身后，手腕灵巧地交叉在一起。他需要一到两分钟的时间来恢复镇静，重新站起来。我说话的时候，气息轻轻摇动着垂柳的叶子。一个压抑的哈欠使我的话语变得柔和。

带我走，好好照顾我。我累了。

艾思琳

Aisling

我每次休息时总能看到一些东西。视野可以越过拱门向外一直到那条街上。在那儿一看见她和她的新男友一起走进来，不禁跳了起来。我双手发麻，感觉心脏狂跳了一下。我不确定这个新男朋友究竟有多新，但比我新是一定的。我哥们儿说这周在镇上看到了她，但我以为他在胡扯。他们手牵着手。她最后一次见我的时候，我的头发比现在要多一点儿，肚子也小一些，但如果我现在出现在他们面前，她肯定能认出我。我要往后退一退，让敞开的门挡住我。这个新男友看起来简直就像一根鸡巴。就是那种满身发达的肌肉，却从来没有搬过一块砖或提过一个桶，也没有真正做过一天日常工作的家伙。她穿着一件充满夏日风情的连衣裙，有点儿短。以前她总以为自己的腿很容易脱皮。她足不出户。他们安然无恙，赞。贪，那双腿太完美了。依然如故。

我刚才看到她的表妹好端端的，在接待处溜达。她曾一度是个大胖牲口，后来消失得无影无踪。认出她时，我吓了一大跳。她看起来还不错，尽管如此，还是绷到了最紧，至少我没看出有什么东西在飘。有些人成功地在经年累月的肥胖之后变得骨瘦如柴，但他们脸上却着实带着一种强烈的悲伤和遗憾的神情。吃完东西后就只有孤独无助吧，我想。而且些微下降往往都会带来慷慨反弹。生活中所有一切都已经离他们而去。他们现在正在靠近酒馆儿侧门前面的角落等待，她和他，那个正和她共度美好时光的家伙，男人不愿娶她，因为他还无法确定自己究竟是不是同性恋，想在关键时刻保有自己的选择。

他们在腻歪。我就像个该死的花盆。尖叫，接吻，搂搂抱抱，就像一个脏尿布的孩子，互相打量，让彼此都他妈的高兴地看到对方，他们都他妈的享受着高潮。每个贱货都知道谁是谁。从前那个胖表妹的男朋友站在那儿，双手插在口袋里，可能还抓着他的老二。没有礼节意识。跟这个新来的贱货握手吧，你这蠢货。你从没见过他。你们已经被性交之神扔在一起了。好好他妈的享受吧，你这可怜的鸡巴。这是我们每个人都能做的。

我希望他们要脸就不要进酒吧，不过，他们可能真他妈的会的。她一定会气疯的，只要看到我的鼻子，就知道这么多年来我是否还在这里。嗯，七年都是如此。那是生命的十分之一，或者是十一分之一，不管怎样。对于一些长寿的贱货来说是十二分之一。谁想要？看着电视，淌着口水。谢天谢地老莫西·布拉德利给了我一个气派的长方形徽章，纯金的，上面写着**经理**字样。我他妈的坚持。不然，小鸡巴会让我用记号笔把它写在衬衫上的。我现在要去使唤我的基友了。看里面的黑小子能不能坚持五分钟以上，不出一点差错。

我已经能听到，能看到，而且知道会怎样了。马蒂，她会说，神啊，你好吗？**上帝**和**你**会被扯到他妈的崩溃的地步。新男友会站在她身后，微笑着，暗想这个屌人是谁？贱货会气得像他妈的杰克·罗素一样刚毛都竖起来，但那样只有男人才能看到。我也许会从酒吧后面走出来，吻她一下，然后好好感受一下她，闻闻她的头发，只是为了激怒他。很高兴见到你，我要说，真时髦。你看起来很棒。太好了，太好了。她会告诉我我看起来很棒。问问情况怎么样。太好了，我会说。太好了，太好了。你还在这里，她会说，我也会说当然，必须的，我他妈还能去哪里？哈哈哈！曾经的肥佬会假笑，假装不知道我是谁。我可能不会提她在这儿夜总会里的那些夜晚，我看到她在那里到处乱蹦乱跳，希望某个可怜的醉鬼把她带走，企图上她或强奸她之类的。哈，怎么样？我得说，我好几年没见你了，耶稣，你他妈的已经一无所有了！或者我会好好挖掘一下。我会看看进展如何。新男友会被告知这是我的老朋友，我就会想，是啊，老朋友，当然。老朋友。

　　她只捉弄过我一次。有一天，我去她父母家吃晚饭。莫西特别放了我一个晚上的假。我只接到简短的邀请通知。她为我挑选穿的衬衫和裤子等等。我到得稍稍早了些。我给您带了一捆花儿，在门口我对她妈妈说。噢，她妈妈说，真可爱。对我一点儿笑容也没有。她把可爱的花留在我手里。我的食物难以下咽。没有足够的肉汁，也不能叫他们添加。当我从楼下鲜花盛开的小屋回来时，她把我堵住了。有那么一瞬间，我以为她会告诉我，我的表现是多么他妈的精彩，那对老夫妇多么为我疯狂。一捆花吗？她说，一只邪恶的猫向她扑来。花的量词**不是捆**。是**束**。我吓了一跳。我只记得接下来说他妈的怎么了？谢谢你他妈的语法课。于是当即决定让我再干她一次，她就收回她的爱了。这一次可以用来纪念我。有那么一两秒钟，我的眼睛发生了奇怪的变化。视线模糊，或者别的什么，胃里刺痛，灼痛。但是我恢复得很好，整个晚上我都在和她的小弟弟谈论足球——他皮肤很好——她妈妈待在厨房里打扫卫生，在我他妈的离开的时候还说了很高兴见到你，然后带着她的泡沫金盏花走了，这样她就不会再触碰我了。

那个黑人小伙子是个煤气工，好吧。就像他妈的喜欢大屁股的人一样。这里不缺他们。他周末晚上在这里确实很得心应手，整晚到处张望。他必须回家，把那根圆木从自己身上卸下来。我现在还是有点儿喜欢这个黑人小伙了。他仍然经常犯错误，但通常都会表示歉意，并且愿意作出弥补。一天晚上，他们又来了一大堆人。当他看到他们摇摇晃晃地进来时，吓得直不起腰来。开心，有点紧张。说是他的兄弟。但最可能的是，来自同一片丛林的任何一只都被称为兄弟。在拿到学生签证后，他们都兴奋得不得了。汽车票。他们在和我的兄弟击掌，用斯瓦希里语或他妈的类似的东西呜里哇啦地嬉闹，直到老莫西从他的地窖里出来，活力四射地蹦回红地毯上。这些孩子几乎跟吉卜赛人一样坏，他低声对我说，只要你第一次欢迎他们，他们就会永远折磨你。莫西说，这地方一个男孩就够多了。看起来不错，喜欢。他们灿烂的笑容，你不会相信的。

不过，想想那天在她家里的情形，那个老头也活像一条滑稽的鱼。我很高兴能和他谈论英超联赛，我对英超的一切都很了解，这让我松了一口气，直到后来我才真正注意到一两件事。你不能相信自己对一件事的记忆。这就是为什么那些不切实际的贱货说你必须活在当下：这是唯一真实的东西。一件事一旦成为历史，就可以任意扭曲，上下反转，黑白颠倒。但有几件事是肯定的。他一定知道我抽烟：就在那长得像屁股的脸颊落在他们坚硬如石的沙发上之前，我发现他注意到了我左手食指上这条棕黄色的烟渍。他从裤子口袋里掏出本森烟，尽管他从未问过我是否会张嘴。他一确定我是彭罗斯家族的后代，就立刻安静下来。哦，他说，从大庄园来吗？是啊，你这个傻屄，我真想说，从那个傻屄一样

太阳斜照

的庄园里来，怎么样？但我他妈的只说了对，你说得对，然后又陷入了过去那种羞愧感，那种感觉让我感到羞耻。不久之后，她和我分道扬镳。她去上大学了。对你不公平，她说。

她让我自豪了两个半月。我可以直视任何人的眼睛。我是鸡巴之王。每根鸡巴都嫉妒我。我给她买了一枚戒指，还有些别的，真正的祖母绿，在戈尔韦的一个摊子上从一个该死的嬉皮士那里买的。她为此而疯狂。告诉我她很喜欢。她都不敢戴，怕弄丢了。我跟她闹过几次别扭，但只有一次我的手紧紧扼住了她的喉咙。有一次，我突然在她身上看到一个印记，我很确定那是吻痕。她谎称游泳池里某个傻屄不小心踢了她的奶头。我告诉她，他不应该离你的奶头那么近，近得能踢到你的奶头。我他妈的太坏了。就是那次我掐住了她的喉咙。她眼中的恐惧，她可爱的脸上的神情。我永远都不会原谅自己。

她跟我分手时，我哭得像个孩子。求求你，求求你，别这样对我。我他妈的求她了。肏，管他呢，我为什么要乞求？耶稣，我为什么要哭泣？水，桥，牛奶，泼出去的水，越碎的心修补得越快。或者就是一坨屎。

艾思琳

仿佛一个夏天的干柴烈火就是一切。扯平了。我的存在证明了她品位很差，她短暂的暑期打工经历，从她待做和已做的事项清单上一笔钩除。就像他妈的水痘，只会出一次。

她小腿内侧有一块疤痕。大约一欧元硬币那么大。有一次我吻了它，对她说它很漂亮。我给它起了个名字，好像它是我发现的一个岛屿，一个新的国家。我没说我给它取了什么名字。哦，真可爱，她对我说。

艾思琳，她的名字。

意思是梦想。一种存在于你脑海里的东西。

肏他妈的梦想，梦想肏他妈的。

也许这就是肏他妈的一切。

那是我们每个人都能做的，就是做梦，然后醒来面对现实。破碎的东西和缓慢的等待。最后一口烟会烧到我的嘴唇，然后肏他妈把剩下的烟扔进桶里。我要回到酒吧后面，看看我不在的时候那个黑小子搞了多大的破坏。我要控制自己，等着。

太阳斜照

伏尾区中介

Crouch End Introductions

昨天晚上我吃了整整半个胡萝卜蛋糕。然后就感觉怪怪的，给齁着了，浑身乏力。头也晕乎乎的。我半睡半醒躺在沙发上直到快两点。琼尼从酒吧进来了，满嘴胡言乱语，弄得我头昏脑涨，于是就上床睡觉了。我做了些噩梦：外面有只大狗，里面是蜘蛛和蛇；我被困在楼梯平台上，四周充斥着犬吠声、嘶嘶声和杂乱的脚步声。我在睡梦中尖叫起来，伴着急促的呼吸惊醒了。又蜷缩起身子，却再也睡不着了。我在前门抽烟，看着天空渐渐变亮。

大约十一点半，琼尼下来了。身上散发出一股酒味。就像个疯子。有人对她做了什么，但她不肯说。告诉我，琼尼，告诉我，我一直对她说。滚蛋，你这个处女，她回嘴说，你知道什么？我从没说过我什么都知道。过了一会儿，琼尼笑了几声，坐在那里，攥着她的西蒙·考威尔马克杯，手指紧紧地缠绕在一起，就在下巴下面。蒸汽盘旋而上，模糊了她的脸。哦，埃莉，她轻声低语，冲我笑了笑。

　　琼尼吃过早饭就开始喝酒。她不到三点就醉倒了。我本想为我、她和那位房客准备像样的一顿饭，但从她开始喝酒就不再费神了。她打开她那台庞大的银色时间隧道高保真音响，把音量开到最大，播放八十年代的磁带。我走到地下室，在冰柜里翻找了一会儿，盯着一块牛里脊肉，想把它放进微波炉解冻。我能感觉到那个房客在地下室卧室的小沙发床上注视着我，心里突然冒出一股无名火。去你的，我冲着冰柜说。我转过身，视线穿过狭窄的门廊望着她，她坐在影子里，电视机的亮光在她双眼中闪烁。她默默地回头看着我。你自己做你他妈的晚餐吧。

　　大约两年前我乘着萧条巴士来到这儿。以前叫堕胎巴士。这个笑话出现之前就叫去伦敦的巴士。为那些不顾一切的人服务。五十五欧元。简直是抢劫。在售票处我告诉售票员我是个学生。他要看我的学生证。给我看看你的鸡巴，我就给你看我的学生证，我对他说。五十五欧元，他说着，无礼地伸出手。来，给；把它塞进你洞里，我边说边朝他扔过去五张十欧和一张五欧。巴士上坐满了人，散发着香水和呕吐物的混合臭味。我敢发誓，他们在那辆车上额外塞进去好几排座位。我一点儿也不高，之后我就给变跛了。前排的人把她的座位靠背往后放好睡一觉。我在她头上探出身子说：把你的座位靠背抬起来。她用两只天真无邪的蓝眼睛震惊地看着我，什么也没说。我一直低头看着她，直到她直起身子。她开始悄悄跟她的朋友议论我。我能听见你说话，我说，她停了下来。

到目的地之后，我裹紧外套在一尊骑马男子雕像前一处门廊待了好几个晚上。马直立着，人拔出了剑。当时是夏天，但晚上仍然很冷。那些日子我在熙熙攘攘的街巷间四处走动。有些地方排起了蜿蜒几英里的长队，队伍中的人们都想看些什么。某一天，我看见一个男人拿着一大堆不同颜色的粉笔，在人行道上画耶稣。人们会踩在他身上的，我说。他已经习惯了，那人说道，然后转过身看他的画。我得说他真是个难得的牧师。那些天我都是在一座红砖房里填饱肚子的，就是公园对面某排红砖房的其中一座。房子外面大街上的鹅卵石隔着鞋子都能把我的双脚磨破。那双鞋只是夏天穿的，薄如蝉翼。救世军就住在那座房子里。他们把汤舀进白色的碗，把薄薄的三明治切成三角形放在白色的纸盘子上，然后送到外面，给排成排的幽灵们。

那天琼尼只是问我是否怀孕了，当时我坐在她旁边，在救世军住所对面的公园里。我回答她没有，然后向她要了一支烟。她笑了笑，为我点上了一支。她告诉我她需要一个女孩帮她做家务。我跟她说没问题，然后我们就倒了三趟地铁和一趟巴士去她位于伏尾区的家。那天，在第二趟地铁的站台上，有个男人沿着月台大喊大叫地跑着，既没穿衣服也没穿鞋子。人们纷纷紧贴在墙上，看他光着脚嗖嗖地跑过，追逐着什么看不见的东西。第二天琼尼问我介不介意用吸尘器帮她打扫两间前厅和楼上楼下的走廊。又过了几个星期，她问我介不介意在一个老头儿的屁股上打那么几下，如果不介意的话，我就可以无限期地待下去，而且不需要付房租。我告诉她没问题，但也只能做到这一步了。接下来那天她就教我该怎么做，当时，那个老头弯腰俯身靠在一把皮椅子的靠背上，白色的屁股翘在空中等待着，剪裁得体的裤子褪到了膝盖处。

看，你手腕轻轻一甩，试着均匀划过两边的屁股。琼尼用一根狭长的鞭子抽了他一下，然后把鞭子递给了我。老头呻吟着，我把他打红了。现在我每月抽破他两次皮，还有少数其他人。他们通常安排给琼尼，而且从来没有一个蠢货退出。我都不知道他们到底长没长鸡巴。

在我七八岁的时候，父亲和隔壁的一位女士私奔了，她的双乳就像泄了一半气的沙滩球。长着一头黄色的头发，一对黑色的眉毛。总是穿着黑色的打底裤，而且永远都把短裤从屁股缝里拽出来。没过多久，她就和他分道扬镳，并和一个黑人小伙儿混在了一起。父亲自暴自弃，在凯瑟琳大街外一个拱门下痛饮塑料大肚瓶装的苹果酒。他的身体还在那儿，吞咽着苹果酒，但他的灵魂早已远去。那种情况在人的身上是可能发生的，你知道，他们甚至都没有意识到。

那天我打定主意乘巴士去伦敦。那天，我从厨房的水槽抬起头，透过窗户看到哥哥蜷缩着靠在后墙上，双臂紧抱身体，嘴巴张得大大的，像是在尖叫。他因为内心的痛苦而奄奄一息。他双眼紧闭，脸上却满是泪水。我的哥哥，他很帅。所有发生在他身上的事，都是直冲他来的。他蹲在那里，在丛生的杂草中，像报丧女妖般痛哭着，为他那些被掠夺的东西，或是从未得到的东西，或是别的什么。他那件漂亮的灰色连帽衫肘部已经磨破了，脏兮兮的，牛仔裤上沾满了尘土。白色跑鞋变成黑色。我清楚地记得那天他买了这身牛仔裤和跑鞋，穿着去上他的艺术与科学课程。他感到无比自豪。一直追着他的四个黑人突然从后门闯了进去，每人抓住他的四分之一，把他举起来拉扯着他的四肢，叫喊着离开了。

那天我不得不收拾好自己的东西离开，这样我就再也不用忍受无助地见证此类悲伤。看着哥哥的痛苦，就像被人捅了又捅。我帅气的哥哥。我不知道他现在怎么样了。我不知道被他刺伤了胃的那个男孩怎么样了，前一天晚上，他从墙边跳进我们的花园，痛苦地弯着腰蹲在地上，没人看见我正站在厨房窗户前注视着他，心被

214　　　　　　　　　　　　　　　　　　太阳斜照

撕成碎片。那天，母亲伸手去拉我，我把她往后推开。她四肢瘫软跪倒在厨房地板上哭了起来。一见她，一听到她的声音，我就犯恶心。她凹陷的嘴和双眼，她为自己悲伤。是你对他做了这一切，妈，我说。卡萨尔，我的卡萨尔，她哭喊着，向上伸手去拿她的烟。我踩着她另一只手张开的手指走开了。

爸爸离家出走后的那些年里，妈妈交往过很多牲口。他们中没一个特别能干的，而且还有一头魔鬼。离开那天我从妈妈的储物柜抽屉里拿上她的儿童津贴簿去了邮局。柜台前的那个女孩把钞票递给我时连头都没抬一下。然后我走了短短一英里路来到济贫院，在一间弥漫着粪便和肥皂味的病房里，在那魔鬼旁边坐了一会儿。魔鬼已经不能自理了；几年前，他中风了，这是上帝赐予我的恩惠。

我走到厨房，问那里的女孩，能否给我一壶茶。我告诉她我可以喝几杯。随后走回魔鬼的床边，掀开他床上的被子，拉着裤带轻轻地把他的灰色睡裤从屁股上褪下，小心翼翼地把茶倒在他那皱巴巴的紫色鸡巴上。他的身体战栗着，双眼像动画人物的那样鼓胀出来，嘴张得那么大，我觉得两边的皮肤都要撕裂了。他狂野的目光转向我，我笑了。不要告诉任何人，你保证不会吧？我冲着他毛茸茸的耳朵小声说。一定要保守好这个小秘密，就像我和卡萨尔一直保守着你的秘密。我又把他盖起来，为自己祝福，然后离开了。谢谢你，我把茶壶还给厨房里的女孩，对她说。不用谢，宝贝，她回答说。

七点左右琼尼给那个中国人打电话。我要给这个房客买些什么？我告诉她我不知道。哦，去他妈的。我就要三份糖醋鸡和三份薯条。一听到送货小摩托的轰鸣声，房客就从地下室门里探出了她老鼠一样的鼻子。我把一塑料盒糖醋鸡和一袋薯条丢给她。然后觉得有点抱歉，于是朝下方的黑暗中大声喊着要她到厨房来和我们一起吃饭。好吧，她大声回答，我突然又莫名其妙生起气来，砰一声关上了地下室的门。琼尼把酱汁都洒到腿上了，疼得尖叫起来。我过去帮她擦干净，而她却抓住我的手腕使劲捏着。把你他妈的那双恶臭爱尔兰手拿开，你这个小婊子。她冲我呵斥着。去你妈的，琼尼，我回骂道，于是她就在我眼皮底下狠狠地扇了我一巴掌。她的戒指划破了我的皮肤。终有那么一天**你**他妈会**什么都**干的，琼尼说着，垂下嘴，开始往里面猛塞一个

太阳斜照

个捣碎的鸡肉球。我随她去了。反正《X音素》开播了。

埃莉，埃莉，对不起，琼尼一边说，一边扑通一声坐到我旁边的沙发上。你知道的，不是吗，我爱你，不是吗，我的洋娃娃？她用她柔软的手轻抚着我的脸颊，然后倒在我身上打起呼噜。我把她的烟掐灭，把她精心护理过的手指撬开取下酒杯，让她坐得更舒服些，然后挪到扶手椅上，看最新一季的《X音素》。我听到楼梯上传来一连串轻柔的咯吱声，接着是淋浴开始时水管的叮当声和呻吟声。我有一种冲动，想去厨房把热水龙头开到最大，好把她的小屁股冻僵，但我忍住了。那样太可怕。不过，还是很有诱惑力。几个月前，另一拨房客中有一个身材高大，皮肤黝黑。有一次她洗澡的时候，我把一坨从外面小路上弄来的新鲜狗屎放到了她的床上；我把狗屎铲起来装进一个塑料袋里，放在她的羽绒被下面，床垫中间的位置。然后躺在床上，反思自己为什么要那样做。她从来没有提起过这档事。接下来那周，她的巴基佬把她带走了，给琼尼留下了一个鼓鼓囊囊装满现金的信封。我去查看了一下，那坨大便还是和我离开时一模一样。她一定是看到了，然后睡在了地板上。

门铃响了。透过飘窗侧面的百叶窗帘，我看见一个庞然大物，低着头弯着腰在台阶顶，蓄势待发的样子。琼尼哼了一声，身子动了动。什么呀，什么呀，她抬起头问。裙子在屁股上方高高翘起，露出了她的黑色短裤。看起来价值不菲。外面的人影一动不动，一阵冷风从我身上吹过，带来了一股灰烬的气味，一股警告的气味。

琼尼踉踉跄跄地在房间里找她的鞋子，我悄悄溜到楼上，在楼梯平台上等待。埃莉，埃莉，去开他妈的门，她用她那地道的伦敦腔发出刺耳的尖叫声，**去开他妈的门！**门铃又响了，我听见她的咒骂声，手忙脚乱地开锁声。**埃莉！**全他妈的好了，你能不能……那个庞然大物出现在走廊里，一阵猛烈的脚步，在地板上拖动的声音，一声沉闷的尖叫，还有一种仿佛足球被重重地弹射到湿漉漉的草地上的声音，一次又一次。我站在楼梯扶手边，紧握着头顶上的栏杆，盯着我那苍白的指关节，然后望着那个瞪大了眼睛的房客，她被浴室门里的蒸汽笼罩着，一条毛巾紧紧地裹在腰间。寂静突然降临，过了一段漫长的时间后，我们听到一个男人的轻声哭泣。哦，妈妈，他呜咽着。门轻轻地咔嗒一声关上了。世界上只有这么些故事。

我把琼尼留在走廊上过夜了。我只瞥了她一眼。她确实死了，因为她呆滞的双眼就对着楼梯底部，而身体正对着前门。这是青石板地，感谢上帝，很容易清洗。反正也没多少血。我不知道那个房客明天早上会不会帮忙。如果她不愿意，我也不会强迫她。那太糟糕了。不过，她得帮我把琼尼放进冰柜里。尽管琼尼很在意自己，但她还是太重了。

很快，那个房客的巴基佬就会来给伏尾区中介代办处的女老板留下一个鼓鼓囊囊的信封。但此时此刻我有半块胡萝卜蛋糕要吃，明天有一个冰柜要填满，还有一个白人的老屁股等待着被猛抽。

梅丽尔

Meryl

是杰克·马特-然后，他给我们讲了那天晚上发生的事，庄园里的一个女孩擦干眼泪，伤透了心，饰演《西方世界的花花公子》中的佩格恩·麦克赢得了满堂彩。那天晚上杰克·马特-然后就在那里，在大厅后面，晃晃悠悠。

之所以叫杰克·马特-然后是因为他每句话都用然后开头。他进来的时候已经醉醺醺，还一直喝个不停，似乎不会醉得更厉害了，但他会坐在酒吧尽头讲述自己其余时候喝醉的故事，用一种轻柔吟诵的腔调，吸引你倾听。他会这样说：

然后我在教堂路。然后我只有一只鞋。然后我的一条裤腿湿透了。然后我的左眼闭着，睁不开。然后我的嘴火辣辣地疼。然后月亮把教堂的院子照得雪白。然后枯萎的老树依稀可见。然后我们的主和他的圣徒在里面熟睡。然后有个男人身穿一件前襟系着、向内紧收的外套朝门口走去，他低头看了看地面，又抬头看了看天空，然后调整了一下路线好避开我。然后我萎靡不振，像一条在屋里拉了屎被踹出来的满怀忏悔的狗。然后那个男人透过他那薄薄的毫无血色的双唇哼着小调，这样空气就不会在我们之间静止了。然后他可以假装那是他每次从月光下走出来时都看到的东西。

现在她的真名在镇上只不过是一个回声的回声。足见这个绰号对她的影响之深。梅丽尔。梅丽尔·斯特里普的梅丽尔。她的那些人没有什么可夸耀的。她父亲叫帕迪·斯考普，曾因一些只是道听途说的事被一次次赶下巴士。一些不为人所知的事情，于是就被默认为可怕的，可耻的。肯定是这样。她有一个哥哥是工人，大块头，皮肤黝黑，另一个哥哥神志不正常，每天搭免费巴士到罗斯克雷的精神病院，还有一个姐姐，已经离开好

太阳斜照

几年了，嫁给了一个英国小伙子。她母亲去世很久了，死于某种只有女人才会得的不知名的玩意。

我把活计之间的闲暇都拿来端详她。走开去忙活吧，振作起来，有一次博迪对我说。你对我一点用都没有，满嘴胡说八道。你会打翻饮料，找错零钱，把东西弄得一塌糊涂。他把肚子靠在酒吧间玻璃水槽的排水板上，目光落在梅丽尔身上。你总以为她不知道自己有多可爱。你总以为她感觉不到你在看她。

当你年少又安静的时候，轻轻地四处走动，大多数时候双眼向下看，是很容易听到些什么的。人们会忘记你的存在，或者忘记你会听到，或者根本不在乎你是否会听到。我完成了学业，没能拿到一份很好的毕业证书，父亲每天都要我去那些大厦，大厦里有很多钱可赚，有的年轻人连擦屁股的工夫都没有，每周花掉五六百镑。想想那些身穿长裤和衬衫戴着白色头盔的小伙子会得到什么！他们只要站在周围看着这些纸片。但我喜欢酒吧，喜欢交谈的嗡嗡声，以及知道每样东西在哪里、干了什么的那种安全感。饮酒打开了一扇扇窗，我喜欢透过那些窗户看到的景象，人的真实面目。

她在酒吧时，我经常想起上学时学过的一首诗。这首诗关于种植园主的女儿。男人们见了她，痛饮一番，沉默不语。有时候处于沉默的对立面，但实际上是一回事：他们四处口沫横飞，竭力搞笑，心急如焚。她不在时，人们都在谈论她，而我则侧耳倾听。

她并非来自大地，也没有来自任何地方。她没有资格像她那样四处悠游。她无法到网球俱乐部附近去，也无法进入戏剧协会，身后拖着一堆麻烦。她无法和费利姆·哈克特一起去出席青年商会的会议，坐在前排对所有男人微笑。庄园里有过什么商业活动吗？怪里怪气的那种，仅此而已。在《西方世界的花花公子》百年庆典上，她没有资格被戏剧协会请来的专业导演选中去饰演佩格恩·麦克这个角色。他们劝阻不了他。哦，钱都花在那个男人身上了，他就是这样对他们的！这就是他们得到的感谢。

诺琳·基奥将在百年庆典上扮演佩格恩·麦克，这是天经地义的。是她的曾祖父，一位医生，创立了这个协会。她的祖父继承了衣钵，她的父母都曾踏足那些破旧而神圣的木板，而且他们在一起曾经很美。这难道不是对上帝的某种惊吓吗？一个人突然造访，在那个都柏林小伙的脸上摇晃她的胸脯，偷走了可怜的诺琳的角色。但造成这一伤害的正是那位曾祖父。正是他起草了协会章程，里面制定的规则已经严格执行了一个世纪，有人在一次协会组织的合规会议上由大多数成员赋予了决定权，这是不能被推翻的。他们把那个权力交给了这位来自都柏林的花花公子导演，几乎掏空了他们的保险柜，想让他们的百年纪念作品格外特别，能被千古铭记。大家都默认诺琳·基奥会扮演佩格恩·麦克。这已经很清楚了。是的，是的。

他们尽了最大努力去与导演解除合同。福克斯甚至把它拿给他们收购的那家芯片店的老板看。他精通合同。然后是一些建议。比如永远不要连续两周付给一个人相同的工资。把法律规定的东西都他妈的写下来。不要介意公共假日那套胡说八道。现金支付。不要让任何人亲近你。

梅丽尔·斯特里普来了！开幕之夜，她走过那道门时，这里有人大喊，也仅此而已。那天晚上还没结束，这句话就从赞美变成了嘲讽。**梅丽尔**，诺琳·基奥的观众会冷笑，皮笑肉不笑。卡住了。几周后，她卓越的表演就被人们遗忘了，梅丽尔也成了她的笑柄。那是她的真名吗？外人会问。不，有人会说，某次让她在一部剧中演了一个角色，而她被那个角色冲昏了头脑！哈哈哈！他们就这样把他们认为她无权得到的东西夺回来。这就是他们的报复。从此以后，人们再也不用她那神赐的名字了，只知道她叫梅丽尔。我从她的眼神里看出，这个名字刺伤了她，因为其发音方式，还有已经开始与之相关的那种愚蠢的感觉，以及人们在说这个名字时总是带着的那种强烈的怨恨意味。

开幕之夜帕迪和她一起去了酒吧。那是在禁烟令颁布不久。再加上以前从来没有离开过柯林斯的安乐窝，他并不感到多么舒服。他一定是被对她的骄傲感冲昏了头脑，雨点般的自由下落突然中断。我从水龙头后面望着他，他微笑着，向人们点头，摆出一副庄重的样子。我能看到他脖子上慢慢上升的红晕，额头上的汗珠，和下意识地在身上抓挠的样子。我看着他设法为他女儿和女儿的新朋友们端上一圈饮料。我看见他手在颤抖，手里紧紧地握着那五十镑。可是她正忙着接受别人的祝贺，对面扮演克里斯蒂·马洪的费利姆·哈克特没有听见他的问话，那个身穿佩斯利纹理背心、戴圆眼镜的导

太阳斜照

演小伙也没听见他的问话，因为正在交谈的他们离得那么近，然后他把手搭在一个我不太熟悉的人的胳膊上，那个人是会计，在私人城堡附近有一间办公室，他问那人喝点什么，那人只是低头看了看帕迪的手，咕哝着说，他在绕圈，谢谢。老帕迪伸手去拿他的烟，不再说话，找了个借口从后门溜了出去，一直走，走到柯林斯家，那才是他的归宿。过了一会儿，我听见她问费利姆·哈克特她爸爸去哪儿了。费利姆只是看看她，撇了撇嘴，摇晃脑袋。

帕迪从未听过杰克·马特-然后对那部剧的复述。帕迪从未感觉到那之后空气的变化，那越来越浓、正在渗透而出的恨意。

然后她就来了。然后上帝啊，她真可爱。然后她让那些镁光灯看上去就像阳光。然后你甚至连呼吸声都听不到。然后我以前从未见过那样的事，整个大厅都消失了的感觉。然后只有那个女孩在我面前的舞台上，然后只有她的声音我能听到。然后现在我明白了什么叫身临其境，因为她真的把我带到了那个地方。然后一百年来，在那个舞台上从未出现过如她那般的美丽。

他继续往下说，双眼紧闭，神魂颠倒。啊，你他妈的闭嘴，诺琳·基奥的大表妹说，有些人笑了，还有些人叹了口气。然而现在已经无能为力了。杰克·马特-然后的诗歌朗诵会结束后，她给了他一个吻，紧接着灵魂出窍，变成了佩格恩·麦克，每夜如此整整一个星期。这不是业余戏剧表演，她本来可以上百老汇的。博迪在后院搭了一个小巧玲珑的吸烟棚，开放式，但仍然很舒适，中间有一个独立式炉子。那台戏结束不久的一天晚上，我去了那里，看见费利姆·哈克特正气愤地跟她低语，把一支点燃的香烟往她脸上戳，而她一声不吭，只是脊背笔直地坐在凳子上，双眼闪烁着泪光，右手拿着一支没有点燃的烟，左手伸向他，掌心向上，仿佛在投降。那天晚上，我看见他们转移到布里奇顿五金商店门口，他一只手紧紧抓住她的屁股，另一只手放在她脖子后面，手指缠绕在她的金色卷发中。不久之后，他就跟她分道扬镳，和一个农民的女儿订了婚，那个女孩儿来自拉克纳维亚附近，在加尔韦诊所做放射技师或放射科医生，也可能从事无线电方面的工作。

她最后和利默里克来的一个小子混在一起，那家伙看上去很粗野，光头，趾高气扬。有一辆豪华轿车。他们那帮家伙中的一个。她搬走了，神才知道是哪个地方，某个能让她用回自己本名的地方，只在帕迪·斯考普的葬礼上露过一次面。酒吧里的空气又恢复了正常，即使那些烟雾已经消失了。

皇家蓝

Royal Blue

我从一个大块头吉卜赛人那儿得到了这个主意。他从议会拿了几百万。我不想要几百万，只要够用，再多一点作为缓冲。有天晚上，我从咖啡桌上拿起一份《先驱晚报》，看到了他的故事，于是当晚就去了沃尔特小巷。我想亲眼见一个国王。一英亩又一英亩，全是马和报废的汽车，营地就在那尽头。他步履蹒跚，就像在波涛汹涌的大海中身处船的甲板上；他硕大的手里拿着一瓶喝的，咕嘟咕嘟直往外冒，身后是一堆篝火，周身笼罩着一圈光环。对他们那些人而言他就像我主基督一样，为他们做了一切，给他们带去财富，拯救他们。他们参差不齐地围成一圈，围着他跳舞，喊叫，呼啸，狂笑。他还给了他们一个家，尽管他们根本不想要。他沉浸在荣耀之中。我站在入口往里盯着，他瞪着我；露出了他那吉卜赛人的牙齿，一口歪歪扭扭的黄牙。他手下那群人的目光迅即落到我身上，我转身跑开了。我娘是亚马孙河流域的人，诸如此类。我跑得飞快。

我十一岁时，玛丽·赫弗南来接我。该你了，赫弗，我说。赫弗，我总是这样叫她。娘儿们一点也没有生气。一直这么叫她啊，我每次见到她都这么叫。啊，你好，赫弗，我会去的，偶尔我也会再说上一两句傻话。第一次把我从公寓的水泥台阶上拖下来，爹跟在后面，发出阵阵哭号，身上的酒气随风飘荡。耶稣，爹，你能放松点吗，我告诉他。去他妈的，你照顾不了我。当玛丽·赫弗南把我绑在她那辆小车后座的安全座椅上时，他大喊大叫着他是多么爱我，而我是他的全部。卫生服务执行局统领一切。我现在是个高个子女孩了，大长腿，但那时还不到一米五。规矩就是规矩，就是规矩。

我还不会走路，娘就被驱逐出境了。有时我觉得我记得她，但那可能只是记忆中的一个梦，或是用爹的记

忆做成的一张她的画像。我不知道她和爹是怎么造的
我。肯定就像一只母狮子被一只邋里邋遢的公猫给上
了。无数的公猫都想那么做，爹跟我说。上看到的第一
个可怜的笨蛋。想爬上柱子去拿护照。但这个计划出了
问题，他说。他在细节上不太在行。他们上门找她那天
有点兴奋，他说，因为他们看到她真的在那里，等着他
们！她告诉他别担心，她几周后就会回来。当着所有警
察的面。他们只是转了转眼珠，问她是否需要帮忙提
包。她往他们脚边的地上狠狠地啐了一口，然后头上稳
稳地顶着行李箱走下所有那些台阶，就是要冲那些浑蛋
出口恶气。那时候电梯还没坏呢。她真优雅，爹会一边
说，一边用双手在空中勾画着她那波浪般起伏的身姿。
像个他妈的女王。像个他妈的女王。上帝啊，他是那么
爱她。他喜欢给我讲那个故事。我接受了遭遇的一切。

　　我被送到铁匠街的一户人家，在东面城墙背阴的尽
头。我早就想好了，如果能和一个真正的家庭相处一段
时间，就要一个他妈的芭比娃娃。我并没有料到会那么
想念爹。在外第一个晚上就开始因他而哭，整整一夜。
那家人只有儿子，两头臭烘烘的牲口，用饥渴的双眼盯
着我。让那些男孩离我远点，有次赫弗不知道他妈的去

哪儿嚼烟块的时候，我对这家的女人说。她的老伙计笑了笑，对我和蔼可亲，但她对我一点也不温柔。一直叫我小姐。有他妈的芭比娃娃吗，太太？我透过泪水问她。她一点儿办法也没有。她不坏，我得说，但肯定不能算好。一个无足轻重的人，靠给等级比她低一些的人的孩子提供热腾腾的饭菜，温暖的床铺和冰冷的肩膀挣些现钱。把她的手搭在我身上，大概有那么一两次。不到一个星期我就走了。他们那些雄性模样的小家伙让我毛骨悚然。傲慢自大而又沉默不语，那些家伙。牲口眼睛。现在可能已经成了强奸犯。

　　我记住了所有街道的迂回曲折，有时冻得实在受不了，就去自首，把自己送进号子里待上一阵子。没有一所房子能长久地收留我。第一次看到这栋房子是在野外干活那阵，当时我十五岁。那天，我碰到了爹，发现他被扔在教堂塔尖底座那儿，奄奄一息。我被那一团乱麻弄得喘不过气来。一两只秃鹫盘旋着，一次次猛扑过来，在他周围来来回回地投下影子。有人把他弄到舢板上，揍了一顿，在外面吊起来。他大概以为这别无选择。可能是向毒贩们道歉了，因为几年前就已不接触硬货，因为从来没有给他们一个机会。我把他拖到街上，

238　　　　　　　　　　　　　　　　　　　　　　太阳斜照

一直拖到纪念花园，砰的一下扔到一张长凳上，拍了他一巴掌，吻了吻他，夺眶而出的泪水流到他身上，也灼痛了我的双眼。我把他留在那里，在午后的阳光中燃烧，由一小队日本人保护着，他们配备了跟脑袋一样大的照相机。

这栋房子本来只是临时的东西，一个能暂时安置爹的地方，这样他就可以脱离那些吸血鬼的视线——他们只想用藏在自己褶皱里的一袋袋灰尘来换取他的救济金，以及他通过抢劫和福利政策得到的任何东西。屋后是一片狭长的丛林，杂草长到我胸部那么高，扭曲的海棠树，巨大的大黄茎，破棚子里的一间小厕所，肯定是过去仆人用的。不知怎么的，那里有自来水，但没有果汁。经历了可怕的两周尖叫、出汗和呕吐之后，爹终于完全清除了体内的海洛因，并且恢复了足够的脑力拿起一块汽车蓄电池、一个断路器、一个线圈和一些其他部件，于是我们能听收音机了，还可以起用一台从克拉里昂酒店弄来的小冰箱。我们有一个露营炉，有睡袋，有锅碗瓢盆，每人还有一副刀叉，于是整个那一夏天都很舒适快乐。就是那个时候，我在《先驱晚报》上读到了关于吉卜赛人的报道。

坐落在一片灰色混凝土和野草的海洋中，这栋房子就是一个三层红砖孤岛。封上了木板，破败不堪，但已存在了几个世纪。前方什么都没有，只有路，后面也是什么都没有，只有田野，田野一直延伸到一个大土丘，而土丘之后是一所富丽堂皇的学校。可以经常听到微风中传来比赛的嘶吼和呼喊声。站在门口，可以看到左边是一家有商店的加油站，穿过半英亩的灌木丛，右边是一个用栅栏围起来的广场，广场上有一座电缆塔和一根旗杆。我常常琢磨，生活在那个牲口的影子下是否健康。接下来我会再想想什么是健康的，对你有好处意味着什么，对你有害又能意味着什么。那个深秋爹完成了一项具有影响力的工作，那是他至高无上的荣耀，也是他做过的最棒的事。他从内心深处的黑暗中发掘出自己的才华，在楼下房子里面的墙上画了一幅壁画，是一群孩子，他们跳着舞，奔跑着，快乐地沿着一条铺满鲜花的小路去往一片森林，一个高挑苗条的女人带领着他们，她头上顶着一只手提箱，双臂从身体两侧微微露出，正挥动纤长的手指招呼后面的孩子们。然后有天晚上，他突然潜进那家商店，从店里拉出一根密封的电线，沿着后墙，穿过灌木丛，然后进入我们的房子，于

240

是我们就有了真正的电力供应。那一周的工作结束时，他坐在灯泡的光芒和闪烁的电视屏幕下，被一台三管取暖器烤得暖暖的，微笑着，看着他笔下的孩子们，看着他画的亚马孙爱人，然后说，现在，宝贝，我不是做了点儿什么吗？我在他粗糙的前额上吻了吻，说，是的，爹，你确实做了。

　　商店里的一个伙计抓住了我们。他发现了整齐的钻孔和从店里延伸出来的塑料包线，于是跟着它沿着墙和灌木丛，穿过我们的后篱笆，越过海棠树林一直走到我们的房子后面。他从我刚刚关上的后门闯了进来。爹出去了，出去办点事。他肚子鼓鼓的，双眼更鼓，双唇濡湿。不过身上仍有一种令人愉快的东西，或者别的什么。上帝啊，怎么回事？我问他。果汁的钱我会付的，先生。他只是站在那里看着，舌头飞快地舔着胡子。我盯着他，像看一本操蛋的书。他第二次来的时候，我用一台数码相机录了下来，那是爹在某个地方捡到的，设置好对准位置放在一个高高的架子上，第三次来时我回放给他看，结果他吓得差点儿把屎拉到身上。还有副本，我告诉他，他的脸由粉变白再到紫，我想他也许会颓然倒地，死去。啊这儿，我告诉他，放松点儿，只要每周给我们发一次短信，照管好爸爸的电线，我们就能一直做朋友了。于是年复一年，一点儿一点儿，我们搭建着巢，我爹和我。

昨晚，我走回沃尔特小巷，只是为了看一眼，看看他们是否还在那儿，或者至少是像他们一样的人，同辈亲戚、氏族宗亲或别的什么人。现在那里有房子了，棚户区、小木屋，我想是这么叫的。有轿车和货车，大号的。没有国王或其追随者的踪迹。有条狗就在我十二年前看见的那道大门附近放哨。我们不会像他们那些人那样疯狂，爹和我。我们可能会以同样的方式出现在报纸上，律师告诉我，人们的确为这些白手起家的故事而疯狂，这些逆权侵占的故事，擅自占据空房者被给予适当权利。没有名目的、没有资格的，被赋予了头衔。赤贫变成暴富仅仅取决于大笔一挥，法官的锤子一落，因为规矩就是规矩，就是规矩。土地是一种有限的资源，他说，法院痛恨土地的浪费。明天，爹将成为一个国王，而我将成为公主，我们将穿过城堡前门取下那些木板，用砂纸打磨，将它漆成深深的皇家蓝。

太阳斜照

A Slanting of the Sun

从一开始，我就清楚那孩子身上没这本事。他脸上头上每个部分都用黑色面具罩住，除了眼睛和嘴巴。是他的眼睛出卖了他。看他的装束、长相我知道他很年轻：运动裤腿塞在袜子里，还能看见他嘴唇上方的粉刺中钻出来的那一小撮松软的绒毛。我听见迈克尔在厨房里哭；他们把他从他房间里拖到那儿，让他直挺挺地坐着，用绳子绑在椅背上，双手高举到脑后。他的叫声犹如利刃切割着空气。我侧躺在楼梯平台上，浑身无力，男孩则上到楼梯半当腰站着，所以我们的眼睛几乎齐平。我双眼侧视，满是泪水；他双目端正，闪闪发光。

因为恐惧或别的什么，当时我并不确定。毒品，我最初是这么认为的。我已经被那帮人中的一个狠狠拷问了一番，还有个家伙把我的房间翻了个底朝天，把我拖出来扔到楼梯平台上，正在盘问我的弟弟。我只能依稀认出迈克尔的侧面和他在椅子上的姿势。看着他时，我所能想到的只有一点：这是他这么多年来坐得最直的一次。然后就是我和那个男孩，我们面对面，两颗心都在十字路口。

迈克尔和我几乎整晚都在忙着写一则启事，准备投给《爱尔兰人报》。神啊，玩得不亦乐乎。我们把完成的作品放在客厅餐具柜上，折成两半，等着寄信。几份草稿已经揉成一团扔进了废纸篓。还有几份扔火里烧掉了。刚开始写时迈克尔有点儿放不开手脚，但一旦进入状态，他就觉得非常有趣。万能的主啊，他说，抵达门口的会是什么呢？我得说，第一次见面你应该在酒店大堂之类的地方，我告诉他。噢，他说，肯定是的，当然。想到这，他点了点头，微微一笑，接连好几次摘下眼镜又换上另一副，兴奋又紧张地揉着面颊。

我想这已经可以算是我们为迈克尔的启事所逐字逐句推敲后的终稿了。

单身农民，已退休，安静，有礼貌，尊重他人，RC，NS，SD，中西部地区，有轿车，生于六十年代初，喜欢散步，喜欢乡村音乐和西部音乐，跳舞。欲见：任何年龄段的相似女性，年轻为佳，期待成为朋友，也许更进一步。

RC是天主教徒。NS是非吸烟者。SD是社交型饮酒者。我们从择偶启事页面底部的一个小方框里找到了这些词。迈克尔说，很遗憾我们没有电脑，不能通过电子邮件发送。我承认这是为了节省纸张。怎么样，迈克尔说，我们也许也该走了。那些牲口只会惹麻烦。我不确定他的话是什么意思。但还是赞同了，他微笑着走到大厅对面他的卧室，我则熬夜了又抽了两三支烟，听着他喃喃自语的低声祈祷。

迈克尔内心一片寂静，就像空无一物的的一隅。一个洞，差不多，或者更空。一处真空，不是吗？那样空荡荡的地方甚至连空气都没有。有些人只会认为那是孤独，是一种渴望，渴望和大哥以外的人分享他的生活。更多的人会说他内心有种欲望。确实，但并非他们认为的那样。他始终在努力填补，努力遮盖，祷告，去做弥撒，在教区帮忙，诸如此类。一夜又一夜，他向上帝奉上喃喃低语，成堆的圣人和苦修士写下的文字，臆想的东西，即使仅仅是为了让迈克尔知道。我永远也不会让他消除神圣观念，但我知道那些东西的核心是空洞的，那些带给他那么大安慰的话语是虚假的，与之相连的自吹自擂，是迈克尔和他的信徒伙伴们看不见的。

走在回家的路上，我脑海里经常充斥着邪恶的想法。关于紧身裙撩起来束在臀部的女人，她们在我面前俯身向前，长筒袜破了，脸上交织着痛苦和渴望泛出红晕，我穿过低洼草地，走到小溪边，站在牛群留下的冻得邦邦硬的车辙里，注视水面，仰望天空，想知道自己为什么会受到这般折磨。为什么那样自然的想法在我心里成了如此不自然的东西，为什么上帝会创造出像我这样的生物。正是在那些日子里，我开始清楚地意识到我自己和更广泛的事物的真相：我的内心深处存在着一种扭曲的、残忍的、不必要的东西；世上既没有神明也没有魔鬼；人类并没有被任何神圣或卑贱的事物所控制所争夺甚至只是被纳入考量，我们的存在都只是肉体相遇所产生的偶然事件，肉体源于微小事物的相遇，微小事

太阳斜照

物源于偶然的一次太阳斜照；既没有意义也没有韵律的事物。

如今在这个距离我能比以前更清楚地回想起抢劫当晚的那些时刻。不再会因回忆而颤抖，喘不过气，喉咙哽咽，感觉自己将窒息而死。从那以后，墙壁和地板上始终有一片影子穿透油漆和灰泥渗出。弟弟的血瓣里啪啦飞溅得到处都是。我一个年轻的堂弟把沾有血迹的旧漆刮掉，用砂纸打磨铺地板的木头，上了层清漆，还重新粉刷了墙壁。然而影子透过新的清漆和涂料回来了。于是堂弟把那些旧灰泥弄走，把地板拆除，重新抹灰，新铺地板，但那片影子依旧从下面浮现上来，我告诉他时，他只是用一只手按着我的肩膀，直勾勾盯着我的双眼，并无恶意，而我从他脸上看到了我的疯狂。我几乎能听见他对妻子说：可怜的阿方索斯。从那以后，他就彻底疯了。从那以后。他们一定会自作主张打起我的休耕地的主意，那些土地天然的价值，以及他们远在拉卡纳维亚的新疗养院可能拿到的补助金。

后来被称为基尔斯坎内尔抢劫案。作为谈资，像一个故事，一件虚构的逸事，一个传说。听起来像是西方人那样说的名字。基尔斯坎内尔抢劫案。这不就是一个故事吗？只存在于人们的头脑中，不能被抓住或触摸，只能在猜想和臆测中呈现，人们说**我要这样说，我要那样说**。而对我来说，这也是一个故事，讲的是迈克尔的恐怖结局，讲的是那个年轻人，他如何看着我，讲的是他内心的痛苦，当他看着我沿着楼梯往下瞧，穿过厨房门，只见一个大块头，带着他熟悉的黑暗，一次又一次缩回手，伴随着他每一记重击，一遍又一遍地咆哮吼叫着同一个问题。钱呢，钱呢，在哪儿。贪。钱。信用合作社，迈克尔用他最后的气息喃喃低语；都在信用合作社里，每一分钱，他说他很抱歉，抱歉，抱歉然后向前栽倒，被他们绑住他的绳子缚住，死在那儿了，穿着血淋淋的睡衣，在那把坚硬的高背椅上，椅子是他买回来的，一套家具中的一件，希望或期待有人会来我们家欣赏或赞叹这样的东西。

我希望那个蒙面男孩能缓过神来，某种愤怒或力量或邪恶或绝望的狂流能从他体内喷涌而出，让他的胳膊挥起武器将我打倒，他手里拿的钩子、车轮支架或齿形撬棍或他举着的不管什么东西——每当我把视线从弟弟身上移开，只是用模糊的双眼看到了这一切。解决另一个龟孙子，他的一个同伴朝他喊，于是他手脚并用冲上楼来抓趴在楼梯平台上的我。直到那一刻，他才了解了自己的灵魂；我看见他突然明白了。他从不知道想象暴力和实施暴力之间的距离。

我能看到他唯一的动作就是颤抖。就连他的双眼也一动不动，只是不停闪闪发光。他们的头儿还没有对迈克尔动粗，迈克尔可怜的背脊直挺挺的奇怪景象，仍鲜活而又愚蠢地显现在我脑海中，突然间，我明白了关于那个男孩应该知道的一切。就像在看一面只映照出内心的镜子。它给我带来了一种至今从未有过的全新的清晰感。也许这就是通向顿悟的途径：人必须在最绝望的时候才能得到祝福。并不是说在那一刻我是幸运的，双腿无力、膀胱失控地躺着，毫无防备，任由疯子摆布，面前还有一个孩子被命运逼上悬崖。

我从来没能做脑子里想做的事。我从来没有胆量去把握转机。每当风向着我的目的地吹拂时，我都没有去扬帆。我在毫无准备的情况下已经打定主意：就是坐着不动，任凭命运摆布。我了解自己。但是，同样的自知之明，我过了一辈子才得到的微不足道的心得，却是醍醐灌顶般突然降临到男孩儿身上的，就在他站在我们古老的楼梯上时，尽管他突然间意识到的自我与我在心中所发现的不同。对于一个平凡的存在，我们依然有很多话要说，知识可以循序渐进地获取，可以从容地检验和测试，更轻松地处理并形成条文。你站在一个盛开着金雀花的高高的牧场上，或观看一场曲棍球比赛，或远远望着一个女人裸露的肩膀和肩膀上那道细细的白线，那是某件衣服上的一根带子挡住了阳光而留下的。在真理面前，我们要面对的是一个缓慢又久远的过程，是伴随一生的温和启示。

但这个男孩却没有这样的安逸。他被他的发现压垮了。在我父亲的父亲盖的房子的楼梯上，在这突然的寂静中，他现在明白了他不像他那些凶残的同党：他没有他所以为的他们的力量，他们的勇敢，他们那鲁莽的拳头；他不能用嘲笑的眼光看着一个老人躺在自己的尿液里，嘴一张一闭发出无声的哀求，不能冲老人吐唾沫，从他身上敲打出一大堆想象中的钱。他只剩下几秒钟的时间把脊背从身后突然被推倒的墙上移开，而且如果还能出声，我会告诉他，别担心，孩子，你就是你，回到洗碗间，从架子顶上把塞在一堆空果酱罐后的饼干罐取下来，里面有一张维萨卡，号码是9790，你想取多少就取多少，不要安抚另外两个家伙，那样你可以为自己争取一点时间，让你和你这辈子想过的生活保持距离，你可以去某个地方，做个好人，不管是什么样的机会只要让你成为想成为的人。

不过，这里哪还有什么计划可言？对迈克尔的谋杀已经开始了，一声声咆哮紧接着一记记沉闷的扑通，每一次听到，仍旧站在那里的他就战栗一下，过了很长时间，他回头望去，当他转过身来时，我能看到他眼睛和嘴周围的肉边缘又苍白了一些，甚至连双腿也哆嗦了起来。现在那个黑人在大厅里，他的同伙就在身后，我听不出他正在对我们大喊大叫些什么，因为声音太响了，但我想是做了他，做了他，做了他你他妈的，做了他，我看到男孩儿的嘴唇动了动，像是在说对不起，泪珠从他的蓝眼睛里滴落，手臂向后摆去，越过头顶向下，夜幕降临。

所有这些都已结束，他们都走了，我从黑暗中挣脱出来，竭力挪动身体想去把弟弟身上的绳子解开，将他放下来，好让他看起来体面些，像他希望的那样，但是我没有力气从痛苦的毯子下爬出来，直到第二天早上表弟进门才发现迈克尔已经死了，而我就在不远处。我无法长时间忍受那萦绕在时光中的影子，作为了结，一个结了霜的早晨，我脑袋里的某个小水坝垮塌了，主管双臂双腿和舌头的工作区被鲜血淹没，我被带到这儿，到这个家里，再也不会远离这张床，直到他们把我抬到平顶太平间，那是新盖在这个地方的，本身就像一节不会动的躯干。

我的护工即使在根本不想工作的时候也会来这里。他一点儿也没表露出来，但我知道。有一天，我听到一个女护士长的尖叫声，她在外面的走廊里质问他。看在上帝的分上，你进来却没有登记是什么意思？好吧，我什么都没做而且我答应过赖利先生会继续读我们正在读的那本书。她怒气冲冲地嘟囔着，机枪般冲他说了一串，什么现在他用不着想工钱了，什么楼上也没有批准加班，接着他说，哦，神啊，不，我是来拜访的，于是她噔噔噔地走了，嘴里还在嘟囔着。

当他缓慢地读着，读到奇怪的词时磕磕巴巴，我在这里为他感到宽慰，平生从未有过的一种愉悦和平静。我允许自己怀着这种温暖的愚蠢想象：我们是父子。我看着他那双蓝色的眼睛，想着它们是怎么变得一样的，就跟第一次在楼梯上遇见我的眼睛时如出一辙，只是那炽热的光芒已经消失了。现在他很平静，了解自己，正在进行他的偿还。虽然我们之间几乎没有一个词不是他从书本或报纸上读出来的，但我们彼此了解，就像这一生都是在彼此陪伴中度过的。我静静地坐着，望着他的双眼扫过书页，我爱他。

致谢

感谢：

温华和于泳波，承担了艰巨的任务，将本书译介给中国读者；布莱恩·兰根；玛丽·瑞安；约瑟夫·奥康纳和利默里克大学创意写作系；莎拉·班南和爱尔兰艺术委员会；我的读者，感谢你们使我成为一名作家；我的出版商和整个图书行业为使我的书获得成功而努力的每一个人；还有安妮·玛丽、托马斯和露西，我的心窝。

部分篇目之前曾在其他出版物上公开发表。《汤米与月亮》由英国广播公司第四广播电台委托创作并播出；《成王败寇》和《汉诺拉·瑞安，1998》发表于《爱尔兰时报》；

《格蕾丝》的简短版本收录于爱尔兰国家美术馆的《视觉线条：爱尔兰作家论艺术》（泰晤士和哈德逊出版社，2014）一书；《梅丽尔》由利默里克大学《奥格汉·斯通文学报》委托创作并发表。

太阳斜照

图书在版编目（CIP）数据

太阳斜照/(爱尔兰) 多纳尔·瑞安著；温华, 于泳波译.
-- 上海：上海文艺出版社, 2022
(多纳尔·瑞安作品)
ISBN 978-7-5321-7947-3

Ⅰ.①太… Ⅱ.①多… ②温… ③于… Ⅲ.①短篇小说－小说集
－爱尔兰－现代 Ⅳ.①I562.45

中国版本图书馆CIP数据核字(2021)第141961号

Copyright © Donal Ryan, 2015

First published as A Slanting of the Sun: Stories by Transworld Publishers,

a part of the Penguin Random House group of companies.

著作权合同登记图字：09-2019-456号

LITERATURE IRELAND
Promoting and Translating Irish Writing 本书出版获得Literature Ireland资助，特此鸣谢。

发 行 人：毕 胜

责任编辑：曹 晴

封面设计：朱云雁

书　　名：太阳斜照
作　　者：[爱尔兰] 多纳尔·瑞安
译　　者：温 华 于泳波
出　　版：上海世纪出版集团　　上海文艺出版社
地　　址：上海市闵行区号景路159弄A座2楼 201101
发　　行：上海文艺出版社发行中心
　　　　　上海市闵行区号景路159弄A座2楼206室 201101 www.ewen.co
印　　刷：杭州锦鸿数码印刷有限公司
开　　本：889×1194 1/32
印　　张：8.25
插　　页：5
字　　数：100,000
印　　次：2022年1月第1版 2022年1月第1次印刷
I S B N：978-7-5321-7947-3/I.6303
定　　价：59.00元
告 读 者：如发现本书有质量问题请与印刷厂质量科联系　T: 0512-52605406